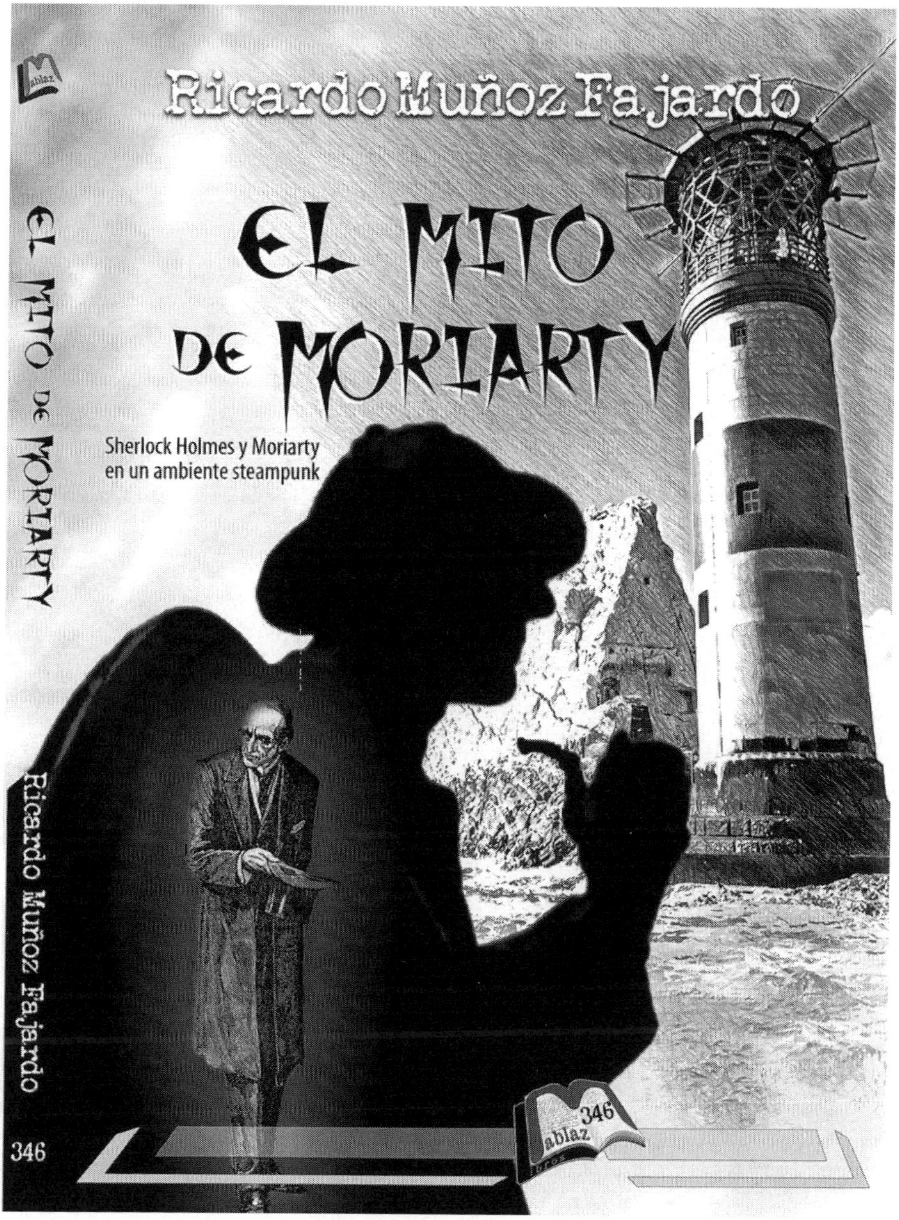

Ricardo Muñoz Fajardo

EL MITO DE MORIARTY

Sherlock Holmes y Moriarty
en un ambiente steampunk

Ricardo Muñoz Fajardo

346

Ciencia Ficción y Fantasía - 123

El mito de Moriarty
Primera Edición, marzo de 2024

© Libros Mablaz - Rodrigo Muñoz Blázquez: Madrid, 2024
www.librosmablaz.com

© Ricardo Muñoz Fajardo

Blogs:
Editorial Libros Mablaz
http://editoriallibrosmablazycienciaficcion.blogspot.com.es/
Ciencia ficción y fantasía en Libros Mablaz:
http://mablazlibros.blogspot.com.es/
Introducción a las obras de Libros Mablaz:
http://librosmablazextractos.blogspot.com.es/
Libros Mablaz en Facebook:
https://www.facebook.com/groups/530547690292189/
Tu Librería en Casa:
https://www.facebook.com/TuLibreriaEnCasa
Librería Crisis–Neogénesis:
http://www.todocoleccion.net/neog%C3%A9nesis_vendedorT C

Diseño de cubiertas: Mari Carmen López

ISBN: 978-84-128119-2-6
Depósito Legal: M-3437-2024

LIBROS MABLAZ - 346

El mito de Moriarty

Ricardo Muñoz Fajardo

A la lectora que me pidió

que escribiera más sobre Sherlock Holmes

en un ambiente steampunk

1. Los personajes hablan entre sí antes de entrar en acción

Lo cierto es que yo, el doctor John H. Watson, ya no vivía en el 221B de Baker Street en el año 1891, cuando el siempre tan estrafalario como amigo mío Sherlock Holmes, se enfrentó con la ayuda siempre limitada que yo pudiera prestarle al profesor James Moriarty, lo que no significaba que yo no siguiera colaborando con él en, al menos, parte de los casos que investigaba.

No se piense el lector que mi mudanza desde 221B de Baker Street se debió a posibles desavenencias con el reputado detective que todo Londres conocía desde hace tiempo por su sagacidad extrema y, más que nada, por la resolución de los crímenes de Jack el Destripador[1] y el Asesino del Torso[2]. El motivo fue mucho más sencillo, puesto que no fue otro que desde hacía tres años yo había contraído segundas nupcias con Mary Morstan, que como ya he

---

[1] Ver MUÑOZ FAJARDO, Ricardo: *Monstruos de Withchapel*. Madrid, Libros Mablaz, 2017.
[2] Ver MUÑOZ FAJARDO, Ricardo: *Luz de gas a orillas del Támesis*. Madrid: Libros Mablaz, 2021.

indicado al decir «segundas» antes de «nupcias» no se trató de mi primera esposa, ya que en el año 1884 viajé a Estados Unidos y allí conocí a Constance Adams, con la que me casé en 1886 y tuve la desgracia de enviudar un año después.

Una vez hecha esta aclaración, he de hacer otra. Aunque yo seguía escribiendo las andanzas de Holmes, el autodenominado detective consultor, aunque no compartiera ya vivienda con él, era porque él requería de mi ayuda en los casos que estimaba que necesitaba de mi colaboración, que a decir verdad eran casi todos, tal vez su forma de mantenerme arraigado a su persona a pesar de mi matrimonio con Mary, pero he de hacer la salvedad de que en la conversación que mantuvieron Holmes y Moriarty aún como personajes y no personas reales de la acción que se va a llevar a cabo a través de las páginas de mi relato, no estuve yo presente, de tal forma que lo que voy a narrar a continuación sobre ese encuentro me fue contado por el detective, por lo que no soy testigo fiel de que todo lo que me dijo fuera real.

Según Holmes, el encuentro entre el uno y el otro debió no existir, y si se realizó fue en parte por el capricho del autor de esta obra, que quiso que el detective aclarara al malhechor su inmerecida fama, además de darle a saber la posibilidad de especular de que si las musas lo hubiesen querido así, al ser dos sujetos tan parecidos en inteligencia y habilidades, siempre hubiese ser posible que las tornas se hubieran cambiado, porque al ser el uno el espejo del otro, bien se hubiese podido dar el caso que Holmes hubiese sido el hampón y Moriarty el noble ejecutor de la justicia que debía imperar en Inglaterra, aunque con tanta marginación y miseria por todas las ciudades del país, este se había convertido en un afán imposible de llevar a cabo por mi compañero.

Holmes, según su relato, echó en cara a Moriarty que su fama desmedida en la posterioridad a la época en que se desarrollaron los hechos que tuvo a los dos como protagonistas era del todo inmerecida, y que en realidad su presencia en los relatos y novelas de Sherlock Holmes no fue nada más que secundaria, puesto que solo aparece en dos de aquellos, y todo debido al hartazgo de sir Arthur Conan Doyle de su propio personaje, que suponía que abortaba cualquier otra aportación suya al mundo literario y no tuvo otra idea que crear a un rival tan imponente en mente como él para conseguir que Holmes muriera.

—Usted, de hecho —le apuntó el detective—, solo

aparece en dos historias relacionadas conmigo, en *El problema final*, cuyos hechos se desarrollan en el año 1891 y, aunque su trama es anterior en el tiempo, en 1888, en *El Valle del terror*, en cuyas páginas apenas se le menciona.

—Supongo que usted no desconocerá los motivos de una fama que yo considero muy merecida —supuso Moriarty.

—Por supuesto que no —Holmes fue tajante—. Los malos causan tanta o más admiración que los buenos, y por eso las adaptaciones posteriores de nuestra breve peripecia se han magnificado hasta el punto de que usted parece ser un personaje recurrente de las cuatro novelas y cincuenta y seis relatos en que yo aparezco, cuando no es más que una breve referencia en una de las primeras y, realmente, solo es protagonista en la que ya le mendionado.

—El justo y necesario para que yo pudiera matarle en las cataratas de Reichenbach, en Suiza.

—Le recuerdo que el que falleció en ese lance fue usted, no yo.

—¡Pamplinas! Usted murió allí, o esa fue la intención de Doyle —argumentó el profesor—. La presión de sus seguidores le hizo inventarse una superchería, la que usted realmente sobrevivió a aquella imposible caída. Le recuerdo las miles de cartas que usted recibió quejándose sobre que hubiese matado al personaje favorito de los lectores de nuestra época, incluso algunas amenazantes, los también miles de seguidores de las pesquisas de su detective favorito que protestaron sobre ese hecho llevando crespones negros en sus sombreros en señal de luto por su óbito e, incluso, la insistencia de su propia madre para que aquel no fuera el final de su figura.

—Sea por lo que fuera, lo cierto es que no morí en Reichenbach.

Moriarty guardó un largo silencio en el que no dejó de esbozar en ningún momento una inquietante sonrisa.

—El autor de la historia que vamos a vivir a través de las páginas de este libro —dijo finalmente—, ya no es sir Arthur Conan Doyle, de tal forma que como yo sigo vivo, le puedo asegurar que voy a convencer a este nuevo narrador de que no debo morir en una absurda pelea al borde del acantilado que se asoma a la cascada de Reichenbach, así que dese por avisado.

—Lo mismo le digo a usted. Un criminal de su envergadura no merece vivir, y haré todo lo que esté en mi mano para que su amenaza desaparezca de la vida cotidiana de los británicos.

Holmes y Moriarty luchan en las Cataratas de Reichenbach

Portada original de *El Valle del Terror*

" PROFESSOR MORIARTY STOOD BEFORE ME."

Sidney Paget: Moriarty en la primera edición de *El problema final*

2. Moriarty

Es un hombre de buen nacimiento y excelente educación, dotado por la naturaleza con una fenomenal habilidad matemática. A la edad de 21 años escribió un tratado sobre el teorema del binomio que ha tenido éxito en Europa. En virtud de ello, ganó la cátedra en matemáticas en una de nuestras universidades más pequeñas y tenía todos los aspectos de una carrera más brillante delante de él. Pero el hombre tenía tendencias hereditarias de la clase más diabólica. Una cepa criminal corría en su sangre, lo cual, en lugar de ser modificado, fue aumentado y lo hizo infinitamente más peligroso por sus extraordinarios poderes mentales. Oscuros rumores se reunieron alrededor de él en la ciudad universitaria, y finalmente se vio obligado a renunciar a su cátedra y venir a Londres.

El miedo no debe estar nunca ausente del ánimo de un hombre. Yo, que como médico al servicio del ejército de su majestad batallé, perdí y fui herido en Afganistán, lo sentía cada vez que tenía que enfrentarme en lid contra un enemigo, fuera quien fuera, aunque nunca dejé de cumplir con mis obligaciones a pesar de ese sentimiento, en apariencia funesto, que me embargaba.

Sherlock Holmes sentía miedo, sí, digo miedo, de James Moriarty, no por tratarse del enemigo en mayúsculas a quién tenía que enfrentarse en esta ocasión, sino porque en inteligencia, capacidad, planificación y su capacidad de pasar desapercibido como el jefe de la trama criminal que organizó demostró que, por primera vez en su vida, el rival contra el que le tocaba lidiar tenía las mismas virtudes que él en todos los aspectos, con la diferencia evidente de que Holmes había decidido dedicarse al bien y el profesor al mal.

Uno de los encargos primeros que mi compañero me hizo sobre la pesquisa contra él fue que indagara sobre su vida, una tarea que reconozco que me fastidió bastante, porque tenía el absoluto convencimiento de que Holmes ya lo había hecho con anterioridad. Y así se lo dije.

—Hay dos cuestiones importantes para que usted haga lo que le pido, Watson —replicó él ante mi protesta sin que le faltara, como siempre, la razón por los motivos que lo hacía—. En primer lugar, usted puede detectar cosas en su biografía que a mí se me hayan podido pasar por alto, aunque reconozco que esto es harto improbable; en segundo, porque me gustaría conocer la opinión independiente,

16

sin influencias mías, que usted pueda obtener sobre la lectura de su vida.

Así lo hice entonces.

James Moriarty nació en la cuna de una familia de dinero y muy bien posicionada, por lo que recibió la mejor educación que un británico podía recibir en este momento.

Aunque era sobresaliente en todas las materias de estudio, de matrícula de honor era su percepción de las matemáticas. Con tan solo veintiún años publicó un Tratado de Álgebra que le reportó reconocimiento en todo el mundo civilizado. Muy aplaudido fue también otro libro suyo que trataba sobre la dinámica de los asteroides.

Un currículo que le llevó, siendo aún muy joven, a ser contratado como profesor de matemáticas en una universidad de provincias, situada en el sur de Inglaterra, una de las zonas con un clima más benévolo de toda la isla, que por lo visto era lo que él buscaba.

Allí, lejos de la inmensa urbe que era ya Londres, que podía ocultar a cualquiera y las actividades lícitas o no que emprendiera, empezó con sus actividades criminales, que al tratarse de un lugar poco concurrido, no costó a sus habitantes a vincular su figura con los hechos delictivos que empezaba a emprender. La perspicacia de un hombre tan inteligente dedujo que no podía adquirir tan mala fama cuando acaba de empezar con sus ardides ilegales, por lo que decidió mudarse a Londres, donde ejercicio en un principio el oficio de entrenador militar. Poco después, conoció a Sebastian Moran, el hombre que ejecutaría sus mandatos y mostraría el rostro de la red criminal que Moriarty llegó a tender, mientras él permanecía en la sombra.

La cuestión es que el profesor llegó a establecer un hampa de la que se supuso llegado el momento que estaba detrás de al menos de la mitad de los delitos cometidos en Londres que, gracias al gran intelecto de Moriarty, muchas veces pasaban desapercibidos.

Nadie sospechaba de él, ¿por qué Holmes empezó a hacerlo? Se lo pregunté cuándo, pobre de mí, le dije que no había encontrado nada sospechoso en la vida, actividad laboral e investigadora de James Moriarty.

—El señor Moriarty es un genio, no me cabe la menor duda —explicó mi compañero—, pero hay algo que me rechina de él.

—Supongo que podré saber el qué.

—Por supuesto, estimado amigo —continuó el detective consultor—. Usted y yo hemos resuelto los crímenes de Jack el Destripador y del Asesino del Torso, y en ambos casos nos hemos encontrado con tramas inesperadas, incluso una procedente de seres de otros mundos, y en la otra hubimos de recurrir a algo que en teoría no existe y muy posiblemente nos seguirán haciendo creer que tampoco se dará en el futuro, los viajes en el tiempo.

—¿Aquí existe otro compló como cualquiera de estos?

—La red criminal es un hecho, y parece que Sebastian Moran es el cabecilla de la misma —arguyó Holmes—, pero no es tan inteligente como para llevar a cabo robos, falsificaciones y complicaciones imposibles de detectar, por lo que es evidente que hay alguien encima de él que mueve todos los hilos de ese hampa.

—¿Por qué Moriarty?

—Moriarty ha cometido un par de errores, dándoselas de listo cuando no era necesario, porque la suya es una mente privilegiada y no venía a cuento demostrarlo a todo el mundo si no fuera por un afán de notoriedad.

—¿Se refiere a los dos libros que sobre matemáticas avanzadas ha publicado?

—Exacto. Esa es la clave. El Tratado de Álgebra es una obra prodigiosa, pero mucho me temo que no está basada únicamente en sus investigaciones al respecto. La base de su teoría está fundamentada en los estudios de Srinivasa Ramanujan, un matemático hindú, que por su origen es muy posible que no haya tenido tanta trascendencia como otros científicos de países que podíamos llamar avanzados, con estudios muy interesantes sobre los binomios. Aunque es bien cierto que tras tomar los fundamentos de este, el tratado avanza hasta puntos que son creación del propio Moriarty, hasta unos niveles que yo no conozco a otra persona en el mundo que pudiera llegar a ellos.

—¿Qué significa eso?

—Por ahora nada, porque no he llegado a tener una conclusión definitiva al respecto. —Yo sabía que mentía, pero me lo callé—. Pero permítame hablarle de su otra obra, la que le llevó definitivamente a los altares de la ciencia, el libro sobre la dinámica de los asteroides.

—¿También se lo ha leído? Creo que es difícil compresión, solo apto para privilegiados o especialistas en la materia.

—Sí, he leído los dos —Holmes pareció molesto por

mi interrupción, pero no lo dio a notar del todo—. El libro en cuestión es tan avanzado que «no había nadie en la prensa científica capaz de criticarlo[3]». La cuestión es que da la casualidad que hay un estudioso alemán, llamado Carl Friedrich Gauss, que ya ha descrito la dinámica de un asteroide y, una vez más, nuestro genio matemático llamado James y apellidado Moriarty se basa en sus argumentos iniciales para luego desarrollar su estudio. Que también es minucioso y erudito, obra suya sin duda, pero en el que comete un error imperdonable para un hombre tan sumamente inteligente como es él.

—¿De qué se trata?

—Cita un asteroide que no existe.

—¿Cómo que no existe?

—En la lista de asteroides que he logrado obtener no hay ninguno llamado Bennu.

—¿Qué significa eso?

—Que la relación que tengo yo de esos planetoides está incompleta, que ha habido un error tipográfico o que Moriarty es tan genial que es capaz de ver lo que los demás no pueden.

---

[3] Palabras textuales.

"HOLMES PULLED OUT HIS WATCH."

Sidney Paget: Holmes y Watson

Bennu

Sidney Paget: Moriarty y Holmes

3. La sospecha

Allí estaba yo, en una conferencia sobre matemáticas avanzadas en la que no me estaba enterando de nada. A mí me podían preguntar por el nombre de los doscientos seis huesos que posee una persona adulta, pero de lo que el profesor Moriarty estaba exponiendo no sabía ni lo más mínimo.

La sala donde se estaba realizando la charla estaba abarrotada de público, de los que nadie en absoluto pronunciaba ni el más mínimo siseo, y donde una tos era incluso recibida con muchas miradas de reojo de los presentes, como si un espasmo de ese público fuera algo evitable a voluntad del que lo emitía.

La conferencia llegó a su fin, cuando yo amenazaba con dar a empezar unas primeras cabezadas, vencido por el sueño. Un aplauso cerrado celebró el discurso del afamado matemático, y luego se abrió un turno de preguntas, cada cual más enrevesada, como si cada uno de los asistentes quisiera mostrar al resto de los mismos su destacada erudición.

La ronda de cuestiones formuladas parecía que llegaba a su fin, incluso Moriarty llegó a reclamar dos veces si había más preguntas que hacer, cuando por fin intervino Holmes, que sin alzar el brazo ni tan siquiera pronunció su interrogante.

—Señor Moriarty —dijo—, ¿me podía decir lo que es Bennu?

La concurrencia se volvió hacia mi amigo con miradas recriminatorias, porque la mayor parte no entendió el sentido de la pregunta.

—¿Bennu ha dicho?, señor... perdone que desconozca su nombre, creo que es la primera vez en mi vida que tengo el gusto de verle.

—Holmes, Sherlock Holmes —respondió el aludido, con la mayor naturalidad del mundo—, Y sí, he dicho Bennu, señor Moriarty.

—Curioso —empezó yéndose por las ramas el conferenciante—, usted se llama igual que el famoso detective que ha deslumbrado a todo el país con sus logros, sobre todo tras el descubrimiento de la identidad de dos de los asesinos seriales que han atemorizado Londres durante los últimos años.

—Eso tal vez se deba a que yo soy esa persona a la que usted se refiere.

—Un placer inesperado conocerle, señor Holmes, y más en un foro tan específico como este, en el que se ha tratado de matemáticas avanzadas.

—Un gozo que yo también comparto, el de conocerle a usted, señor Moriarty. No podía permitirme el lujo de perderme una conferencia sobre el tema en el que usted es una verdadera eminencia —Holmes le siguió el juego, al menos de momento—. Yo no soy un experto en la disciplina que usted domina, caballero, pero he de reconocer que las matemáticas me parecen apasionantes.

Un breve silencio se hizo en la sala, en la que los dos futuros enemigos se estuvieron escrutando con descarada minuciosidad.

Por fin, Moriarty se centró en la pregunta que le había formulado mi compañero.

—No soy un experto en mitología egipcia, señor Holmes —dijo—, pero si no me equivoco Bennu es un pájaro relacionado con el dios Osiris.

—También es el nombre de un asteroide, según se extrae de la lectura de su libro sobre el tema —Holmes se manejaba siempre muy bien en terrenos enfangados, que era en lo que se estaba convirtiendo la conversación entre él y el profesor—. Si he de serle sincero, señor Moriarty, no he encontrado ninguna referencia a un asteroide con ese nombre, por lo que tal vez usted pueda aclararme dónde está situado dicho astro.

—Bennu no es ningún asteroide conocido, señor Holmes —Moriarty no se pensó ni un solo instante la respuesta—, si aparece uno con ese nombre en mi libro sobre ellos, seguro que se debe a una errata de imprenta, mi letra a veces es tan endiablada como la de un médico, por lo que es posible que el impresor tomara mal el nombre.

—¿Usted no se dio cuenta al revisar el borrador previo a su impresión definitiva?

—Pues ya ve que no. El libro del que estamos hablando consta de muchos términos difíciles de conjugar para cualquier persona, incluso para mí, y fue un detalle que debió de pasárseme desapercibido.

James Moriarty dejó de prestar atención a Holmes para volver a mirar al resto de la concurrencia. Una vez hizo esto, inquirió por última vez si había más preguntas y casi sin esperar una respuesta, dio por concluido el acto.

Una parte del público intentó acercarse al conferenciante para departir unas últimas palabras con él, pero Moriarty no les dio ninguna opción a ello, porque se escabulló de inmediato por una puerta trasera de la sala.

La sorpresa fue que, justo cuando nos marchábamos, de los últimos por expreso deseo de Holmes, un criado del club donde se había dado la conferencia, le entregó un billete a mi amigo, que desdobló de inmediato para leerlo para sí

—¿Quién le escribe ahora?

—El mismísimo profesor Moriarty. Nos espera en el salón-bar de este mismo club para ahora mismo, para proseguir con la conversación que hemos mantenido hace un momento, aunque ahora sin un público indiscreto que pueda escuchar lo que tengamos que decirnos.

—Entonces, es muy probable que yo no esté tampoco invitado a mantener esa conversación que el profesor le ha propuesto.

—Usted, Watson, es como una parte de mí —rebatió Holmes—. Si yo soy requerido para mantener una conversación privada con alguien, en este caso el señor Moriarty, usted está incluido en esa invitación. Siempre que le apetezca estar presente en ella, por supuesto, yo no voy a imponerle que usted asista.

—No me la perdería por nada en el mundo.

Los dos preguntamos en la recepción del club dónde estaba el salón-bar del lugar, a lo que el empleado nos contestó que el uso de ese espacio era tan solo para socios.

—¿Puede mirar si tiene una nota en sentido contrario al que usted nos ha expuesto entregada por el señor James Moriarty?

El recepcionista no hizo ni el amago de buscar el posible recado de Moriarty, sino que nos miró muy fijamente a los ojos antes de preguntarnos por nuestras identidades.

—¿Son ustedes los señores Sherlock Holmes y el doctor John Watson?

—Esos somos.

—El salón-bar está franqueando esa puerta grande que ven ustedes a su derecha. Se encontrarán con un pequeño vestíbulo, desde donde deben abrir la puerta que está justo enfrente y así penetrarán en el salón-bar, que es justo donde el señor Moriarty les estará esperando.

Seguimos las indicaciones dadas por el empleado y llegamos a una sala grande, repleta de mesas, sin que ninguna estuviera muy cerca de la otra, con una barra lujosamente decorada a la izquierda. James Moriarty estaba mirándonos fijamente, como si estuviera impaciente en vernos aparecer. No hizo ningún aspaviento para llamar nuestra atención, solo realizó un breve movimiento de su cabeza de arriba abajo.

Nos aproximamos a la mesa ocupada por el profesor, que de inmediato nos invitó a sentarnos. Un camarero apareció de repente, como brotado del suelo justo al lado de nostros, y nos preguntó a Holmes y a mí qué deseábamos beber.

—Un jerez, gracias —pidió mi amigo.

—Yo, otro —me apeteció lo mismo.

Hasta que el empleado trajo el pedido, Moriarty no entró en materia, intercambiando entretanto con nosotros palabras banales sobre los hechos de la conferencia que acababa de dar.

—He de reconocer que le he metido, señor Holmes —dijo entonces el profesor—. Sí que le conocía de antes de hoy, y no solo de oídas como ya le he referido antes, sino que le había visto en persona.

—Si no recuerdo mal, nuestro único encuentro —

corroboró Holmes— se produjo en la presentación en Londres de *El retrato de Dorian Grey*, de Óscar Wilde, aunque si no recuerdo mal, no intercambiamos más allá de unas pocas palabras.

—Dos entes extraños, usted y yo, asistiendo a un acto de un escritor maldito —filosofó Moriarty—, con fama de sodomita, anarquista y antisistema.

—Lo que hay que fijarse de un escritor es en eso, en cómo escribe, la vida privada de cada cual es cuestión de cada persona, yo no pienso entrometerme en ella salvo que sea necesario para investigar un caso.

—Estoy de acuerdo con usted, señor Holmes —confirmó el profesor—. Lo importante de Wilde, ese irlandés maldito, es que de su pluma han salido una buena parte de las obras más relevantes editadas en el país durante los últimos años.

Un silencio para que los conversantes tomaron un sorbo de sus copas. Moriarty, al contrario de Holmes y yo, estaba degustando una copa de coñac.

—Supongo, señor Moriarty, que no nos habrá citado a un aparte al doctor Watson y a mí para hablarnos de la coincidencia en un acto ni para hablar de literatura.

—No, por supuesto. Y aunque es bien cierto que usted y yo no nos conocemos por un trato personal que ya sabemos que ha sido escaso, sí que estoy convencido de que ambos hemos oído hablar mucho el uno del otro —se explicó Moriarty—. Lo que significaba que usted, por su oficio, debe saber de mis andanzas más ocultas, lo mismo que yo sé que usted es un inteligentísimo detective que sería capaz de ponerme en problemas.

—¿Todo esto lo deduce porque le pregunté dónde estaba situado el asteroide Bennu, si es que realmente existe uno con ese nombre?

—Usted ha captado, con esa cuestión, uno de mis escasísimos errores que he cometido en mi vida —adujo el profesor—, y eso le ha hecho sembrar dudas sobre mi persona. Un lector convencional de ese libro se tuviese tomado ese fallo como una simple errata, como ha ocurrido con todos los que lo han hecho, pero usted decidió rascar en Bennu como algo sospechoso. Sé que después de su descubrimiento, no ha dejado de indagar sobre mi persona, como también conozco que ha llegado a unas conclusiones que ningún otro ha sido capaz de ni tan siquiera acercarse a pensar de mi persona como sospechoso de ser un hampón, cosa que usted ha deducido en poco tiempo, porque ya sabía yo de su extraordinaria capacidad e inteligencia.

—Usted es quien está confesando lo que es, aunque sí es cierto que ya empezaba a tener indicios de su verdadera personalidad —confirmó Holmes las certezas, más que suposiciones, expuestas por nuestro interlocutor—. Muy importante fue averiguar que Sebastian Moran, el hombre que todo Scotland Yard pone al frente de la banda criminal que asola Londres, no es más que el penúltimo peón de la trama bribona que tiene a la ciudad bajo su yugo de chanchullos, trampas, estafas, robos, sin olvidarse de los asesinatos que se consideren necesarios para llevar a cabo sus deplorables crímenes.

Un silencio largo, mucho, en el que los tres que estábamos sentados en aquella mesa nos dedicamos a nuestras bebidas más que a mantener viva la conversación. Aunque aún quedaba un último par de cosas por decirnos.

—Señor Holmes, sé que usted no tiene pruebas tangibles sobre mi culpabilidad en la organización que, supongo que ya lo saben, he creado yo en persona —Moriarty fue muy categórico con estas últimas palabras—. Eso significa, por supuesto, que usted ha pasado a ser mi mayor enemigo a partir de este momento, por lo que le aviso que debe atenerse a las consecuencias.

—Me doy por enterado, señor Moriarty, aunque si he de serle sincero, no creo que me haya convertido en su gran oponente ahora, sino que usted estima que lo soy desde hace tiempo. Aun así, quiero agradecerle su caballerosidad, por llamarlo de alguna forma, al avisarme de que lo que ya somos desde que empecé a investigarle.

Terminamos nuestros jereces, nos levantamos los dos al unísono y, sin despedirnos, nos marchamos de aquel club solo reservado a miembros varones.

The Isthmian Club, hacia 1890, ejemplo de lugares de este tipo de la época

"GOOD-NIGHT, MR. SHERLOCK HOLMES."

4. Los tres intentos

Londres se había convertido en una ciudad que juntaba la riqueza y la pobreza, los desplazamientos por su inmensidad a pie, en burro, mulo, caballo, carruaje y, cada vez más, en uno de esos coches sin animales de carga porque se desplazaban a vapor, de los que cada vez existían más marcas y modelos, entre los que se empezaban a dar cada vez más vehículos movidos por un ungüento que se destilaba del petróleo llamado gasolina, que producían menos humos que los de vapor pero mucho más espesos que estos.

Holmes siempre se había mostrado un seguidor acérrimo de los coches a vapor, que aún le gustaban más que los de gasolina, difícil de conseguir aún, puesto que había que comprarla en establecimientos concretos, entre los que a mí me llamó siempre la atención, por mi condición de médico, que se vendiera en farmacias.

Holmes llevaba muchos días enzarzado en investigar las actividades ilícitas del hampón Moriarty, y el poco tiempo que dedicaba a no hacerlo lo dedicaba a dormir, poco, a comer, también de forma escasa a tocar el violín, fumar en pipa, leer la prensa de una forma muy particular suya, saltándose la mayoría de contenidos de los periódicos y deteniéndose a releer una y mil veces una noticia que a mí no me hubiese despertado mayor interés.

Todos los días iba a visitarme y lo primero que hacía siempre era charlar un rato breve con Mary, mi esposa, que saltaba a la vista que no le hacía ninguna gracia, no por ser mi cónyuge en concreto, sino por su aversión general a intimar con mujeres, sin que eso significara que llegara a ser misógino, porque yo sí le conocí alguna amistad femenina e incluso el padecimiento que para él supuso un par de enamoramientos.

Después, departía una hora de reloj conmigo, normalmente sobre sus avances en la investigación sobre Moriarty, y cuando no tenía nada que contarme de interés porque ese día no había progresado mucho en sus pesquisas, se entretenía en contarme todos los avances de la tecnología y de la ciencia criminal que se iban descubriendo. Me hablaba de aviones, de girocópteros, de las huellas dactilares, de las investigaciones que se venían realizando para demostrar que todos los seres humanos no teníamos el mismo tipo de sangre y, sobre de todo de los automóviles a vapor y su historia, que me recitó tantas veces, llegué a memorizar.

Franceses eran, o fueron, los Amédée Bollée, que fabricó hasta cinco modelos diferentes entre los años 1873 a 1881, todos con nombres muy comerciales, que no voy a recitar ahora; los hermanos Serpollet montaron un vehículo a vapor que funcionaba[4]. Los coches que poseyó Holmes fueron siempre de esta marca. La firma De Dion-Bouton compuso vehículos a vapor entre 1882 y 1894, hasta que cambió su oferta para dedicarse a los motores de explosión. Un gesto que disgustó sobremanera a Holmes, que estaba viendo la posibilidad de adquirir uno de los coches de su gama, que descartó por el cambio de política de sus dueños.

Suecos fueron los hermanos Cederholm, que construyeron un coche, que según Holmes llegó incluso a probar, que resultó ser un fracaso.

Holmes conocía también coches de vapor producidos como prototipos, por un inventor aparentemente loco que quería demostrar que la tracción animal se podía sustituir por la mecánica, y el detective consultor se aprestó,

---

[4] Más tarde de la fecha en que se desarrolla este relato, en 1901 y 1903, Serpollet fue capaz de crear dos vehículos a vapor que batieron en ese momento los récords de velocidad, alcanzado el primero los 100 Km/h. y el segundo los 120 Km./h.

siempre que pudo, a manejar aquellos modelos que muchas veces no fueron más que un fiasco por lentos, de calentamiento excesivo de la caldera y con una autonomía de pocos kilómetros. Por el contrario, algunos de aquellos automóviles funcionaron a la perfección, pero la falta de inversores dejó a aquellos proyectos sin realizarse.

Un día, la rutina de siempre se vio truncada por las prisas que mostró mi amigo, aporreando la puerta de nuestro domicilio, como si le fuera la vida en ello.

Alarmado, acudí a toda prisa a abrirle y, delante de mí, me encontré a un hombre desastrado, con heridas superficiales que le daban un aspecto grotesco, en el que reconocí a Holmes a pesar de su maltrecha facha.

—Por favor, Watson —dijo mi compañero con voz suplicante—, déjeme refugiarme en su domicilio al menos durante un par de horas.

—¿Qué ocurre, Holmes? —pregunté inquiero.

—Han atentado hoy, en un solo día, tres veces contra mi vida, por lo que necesito un tiempo para curar mis heridas, que afortunadamente todas son leves, y preparar una estrategia que me permita regresar al 221B de Baker Street sin volver a poner en riesgo mi vida. Y, por supuesto, pensar en una estrategia para que mi seguridad quede garantizada a partir de mañana para el futuro, porque lo que no estoy dispuesto a dejar de investigar las actividades criminales de Moriarty ni tampoco pasarme el resto de mis días encerrado en mi domicilio, que por supuesto acorazaría para que nadie pudiera atentar contra mi vida con garantías de éxito.

—Querido amigo —intenté tranquilizarle a mi manera, que muchas veces descubrí que no era la adecuada—, ¿no será que está sufriendo un ataque paranoico?

—Si fuera así, ¿cómo se explica mis heridas? ¿Piensa acaso que me las infringí yo a mí mismo por causa de esa paranoia a la que se ha referido usted?

—Tiene razón, Holmes. Perdone por mi impertinencia.

—Le perdono, Watson, pero creo que ya ha llegado el momento de que me diga si puedo entrar en su casa o tengo que esconderme en el rincón más oscuro de Londres para no ser visto por los secuaces de mi mayor enemigo en este momento.

—Pase, Holmes, pase. Nunca le dejaría en la calle en el estado que presenta ahora mismo ante mí.

El detective consultor entró en la morada que compartía con mi esposa e, inmediatamente, Mary se hizo con el material necesario del amplio botiquín que teníamos en casa para ponerse a curar las heridas de Holmes. Por fortuna, todas ellas eran superficiales.

Mientras Mary se hacía cargo de mi amigo, yo me senté cerca de él y le pedí que me contara lo que le había sucedido durante el día de hoy.

—Moriarty ha venido a verme a mi domicilio en Baker Street esta mañana temprano. El objetivo de su visita era darme un ultimátum. O me unía a él en las actividades desarrolladas por su actividad criminal, algo a lo que supuesto me negué, y sin tomarse un respiro, me ha anunciado que estaba hablando con un hombre muerto, aunque yo aún no me hubiera dado cuenta de ello.

—¿Por qué no le pegó un tiro, sin más, a ese canalla? —fue Mary la que habló.

—No tenía mi pistola a mano. Además, tampoco me hubiese gustado terminar mi vida ahorcado al ser declarado culpable de un asesinato.

—¿Qué ocurrió después?

—Tomé precauciones, me armé con la pistola y con suficiente munición, porque nunca hubiese permitido que una amenaza de muerte impediría que siguiera la rutina de todos los días, que en este caso era la visita que todas las tardes les dispenso a usted y su señora, así que partí de casa poniendo los ojos en cualquier persona o situación que me pareciera extraña a lo cotidiano de todos los días

—Y fue entonces cuando atentaron contra su vida, supongo —volvió a hablar Mary.

—El primer intento de asesinarme fue un ataque sorpresa. Fui a doblar una esquina y, nada más hacerlo, un carruaje se precipitó sobre mí. Lo conseguí esquivar de milagro, dando un salto inverosímil que me alejó de su trayectoria.

—¿No hizo el uso del arma contra sus atacantes?

—Imposible. El carruaje se alejó de allí a toda velocidad y si me hubiese liado a tiros, lo más probable es que hubiese herido a alguno de los transeúntes que andaban por allí.

—Una decisión inteligente —dije ahora yo.

—El segundo atentado contra su persona, ¿cómo fue? —inquirió Mary, que estaba ahora enfrascada en corregir los desperfectos que tenía en una de las manos del detective, la parte más afectada por las heridas que había recibido él.

—Andaba yo por la calle, avizorando con más detalle cualquier otro peligro que pudiera acontecerme, porque estaba seguro de que Moriarty tendría previstos más ataques contra mí, por si diera que fallara el primero, tal como había ocurrido. Lo dicho, andaba yo por la calle cuando un ladrillo cayó de un tejado y solo lo conseguí evitar por estar tan alerta, aunque la piedra llegó a rozarme, de ahí vienen los arañazos que tengo cerca de la sien. En ese momento llamé a la policía, que indagó por allí y los alrededores, e incluso llegó a subir a la azotea del edificio. Por supuesto que los agentes y el propio inspector Lestrade, que acudió al sitio al saber que yo era el perjudicado en un posible atentado criminal contra mi persona, me creyeron, pero no pudieron obtener pruebas de que fuera más que un simple accidente.

—Tal vez sí fuera un accidente y no un atentado.

—Watson, ¿ha dejado de confiar en mí?

—Por supuesto que no.

—Según Lestrade, la azotea y el tejado estaban en perfecto estado. El ladrillo que me lanzaron procedía de allí, no había ninguna duda, porque el hueco que ocupaba era visible, pero según el policía que inspeccionó el lugar, la argamasa estaba mal prendida, cosa que no me extraña porque si picas el cemento de cualquier pieza de albañilería, es evidente que pierde consistencia.

—Le falta contarnos el tercer atentado contra su vida —pidió Mary, que estaba teniendo verdaderos problemas para recomponer los nudillos de Holmes.

—Espero que esta vez que lo que me aconteció no me digan que se pudo tratar de un accidente.

Vi la dificultad que mi esposa tenía para recomponer los nudillos de mi compañero y decidí en ese mismo momento sustituirá en tan ardua tarea. Después de todo, el médico era yo y una cosa era que Mary pudiera curar unas heridas y superficiales y otra muy diferente es que se tuviera que apañar con algo así como una cirugía, que era poco menos de lo que había que hacer para arreglar los estropicios que Holmes presentaba en la mano,

Mientras cambiábamos nuestros lugares, quise tranquilizar a mi amigo, que parecía creer que nos estábamos tomando su relato a broma.

—No ha de tener ningún recelo con respecto a mí —le dije—, sé cómo es usted y que su imaginación es muy creativa, pero le aseguro que yo me estoy creyendo cada una de las cosas que nos está contando, y creo que a Mary le sucederá lo mismo.

La aludida confirmó las palabras de su marido con un asentamiento breve de la cabeza, sin necesidad de decir palabras.

—Creo que no ha terminado de contarnos todo lo que le ha ocurrido hoy —continué hablando una vez que empecé a ocuparme de sus heridas—. Le ruego, por tanto, que siga con el relato de esos hechos.

—Ya muy próximo a su domicilio —Homes me hizo caso—, a la vista de todo el mundo, que reconozco al mismo tiempo que no había mucha concurrencia de gente, sin ser aún noche cerrada, un sujeto de no mal vestir me atacó enarbolando una porra como arma. Pelear, como bien sabe usted, es un lance que no se me da nada mal, porque me he entrenado desde muy joven en el arte del boxeo y en la lucha que practicaban los antiguos, y conseguí por ello derrotar a mi agresor, aunque como han visto por la lesión que tiene mi mano, no salí del todo indemne de la pelea. La policía no tardó en acudir al lugar de la disputa y se aprestó a detener al hombre que me había atacado que, por lo que sé, alegó que su acometida hacia mi persona se debió a las rencillas de un caso antiguo que nosotros investigamos y del que él, en particular, había salido malparado. No hubo forma de apearle de ese argumento, por lo que me fue imposible demostrar que aquel energúmeno había sido despachado por Moriarty para darme muerte.

Hubo un buen rato de silencio. Tanto Mary como yo nos quedamos pensativos ante el cariz que había adquirido la situación con respecto a la investigación que Holmes, al que yo ayudaba cuando él me lo pedía, estaba llevando contra la trama criminal que gobernaba Moriarty.

—¿Qué va a hacer ahora? —rompí yo el mutismo, cuando casi había terminado de apañar lo mejor posible los nudillos del herido.

—¿Usted qué haría, Watson?

—Supongo que lo mismo que usted.

—¿O sea?

—Continuar recabando pruebas contra ese canalla de Moriarty.

—Cuidado con lo que dice, Watson. El napoleón del crimen, como he decidido bautizar a ese hampón, sabe perfectamente que usted está colaborando conmigo y puede tomar represalias también contra usted y, como víctima colateral, con Mary. —Fue de las pocas veces que oí a Holmes referirse a mi mujer con su nombre de pila, puesto que casi siempre se refirió a ella refiriéndose al grado de parentesco que le unía a mí.

—¿Qué quiere decir con esto?

—Que su vida, y también la de su esposa, pueden estar también en peligro.

—Sigo saber a qué se está refiriendo.

—Que usted, querido amigo, ha de pensarse muy bien si quiere seguir implicado en este asunto…

—Sobre eso, no tengo ninguna duda. No soy un hombre valiente, pero no un cobarde, y creo que mis años como militar me han dado la suficiente experiencia como para saber defenderme de cualquier peligro que pueda acecharme.

—No esperaba menos de usted, Watson. —Sonrió el detective—. Si es como usted dice, habrá que pensar también en la situación de su esposa.

—¿Qué quiere decir, señor Holmes? —intervino la aludida.

—Que veo la necesidad que usted se marche de Londres, a un sitio seguro, mientras se dilucida este asunto.

—Ni hablar —la respuesta de Mary fue tajante—. Yo no he practicado boxeo ni lucha, ni tampoco he sido militar, pero le puedo asegurar que soy experta en el uso de las armas de fuego y de dar patadas en sus partes a quienes quieran enfrentarse a mí.

—Pero puedo morir.

—De algo hay que hacerlo. Todos sabemos, al venir a este mundo, que igual que nacemos morimos, así que no hay nada más que hablar. —Nos miró fijamente a mí y al detective—. Es más, quiero ayudar a detener a ese malnacido que se esconde tras la honorabilidad de un prestigio que no dudo que se pueda merecer, pero que a espaldas de todos no es más que un vulgar asesino.

Holmes se quedó pensativo durante un buen rato. Finalmente, pareció encendérsele una bombilla en la cabeza y volvió a hablar.

—El ejecutor cara al público de todos los planes de Moriarty es un hombre llamado Sebastian Moran, al que usted, Mary, le podía seguir los pasos siempre que sea muy discreta en tal cometido, pues Moran es un hombre avezado y peligroso, y si fuera descubierta por él, no dudaría en tomar represalias contra usted, incluso podría intentar matarla.

—¿No le parece, Holmes, que es una tarea de mucho riesgo la que quiere encomendar a mi mujer?

—Si te parece, John, esa es una cuestión que he de dilucidar yo, no tú —Mary me sorprendió con su contestación—, aunque sí veo un inconveniente en lo que usted me pide, señor Holmes, que esa es una tarea que puede ser complicada para una persona sola.

—No ha de preocuparse por eso, señora —le tranquilizó el detective—. Los pilluelos que inundan las calles de Londres porque pasan hambre y no tienen ni tan siquiera donde pasar las noches, son en buena parte amigos míos a su manera. Si yo les pido que estén pendientes de usted, estoy seguro de que una gran parte de su cometido, y también de su seguridad, estará garantizada.

No valieron mis inconvenientes con respecto a lo que Mary debería hacer en pro de avanzar en el caso, que Holmes definió a continuación.

—Yo he sido objeto de tres atentados en un solo día. La cosa no puede seguir así. Hemos de demostrar a Moriarty que nosotros también sabemos defendernos e incluso ser potenciales atacantes de alguno de los principales ayudantes de Moriarty. Por eso vamos a vengarnos de lo que me ha ocurrido y puede llegar a sucederme centrándonos en la figura de Sebastian Moran.

—¿Pretende matarle? —me escandalicé.

—Yo no soy ningún asesino, como debería saber ya usted, doctor. Pero un buen susto sí que le podemos dar.

El relato de Holmes, la cura de sus heridas y los planes futuros fueron definidos ya, y aunque yo insistí en que el detective pernoctara esa noche en mi casa, él insistió en hacerlo en la suya.

—¡Pero puede ser atacado otra vez!

—Puedo ser objeto de un cuarto atentado contra mi vida en cualquier momento, Watson, no por ello he de dejar de cumplir con mis rutinas. Porque si no fuera sí, Moriarty nos habría vencido nada más iniciar la guerra contra él.

Me sentí muy contrariado, porque a pesar de mis argumentos juiciosos siempre acababa dándome cuenta que la razón de los suyos siempre preponderaban ante los míos.

Por eso, sin venir a cuento, ya en el umbral de mi casa, le quiso hacer ver que yo de tonto no tenía un pelo, un hecho que debería haber sabido desde hace mucho que Holmes ya lo sabía.

—Antes se ha referido a Moriarty como «Napoleón del crimen» —comenté.

—¿No le gusta ese apodo?

—Me parece tan adecuado como cualquier otro que a usted se le hubiese ocurrido, pero ha de saber que ese alias no es original suyo.

—¿No? —Holmes lo sabía, pero no me quiso dejar como un estúpido.

—No. Un detective de Scotland Yard, cuyo nombre no recuerdo ahora, tituló así a un criminal estadounidense que campó a sus anchas en su país, en Europa y, por fin, en Inglaterra. Adam Worth se llama, y si Moriarty controla la mitad de los negocios sucios de la ciudad, este sujeto debe hacerlo con la parte restante. E incluso, tal vez tras acabar con el primero deberíamos intentar hace lo mismo con el segundo.

—Todo se andará, doctor. —Holmes estaba abriendo ya el manillar de la puerta, se marchaba definitivamente de mi casa—. Moriarty es un hueso muy duro de roer, no distraigamos esfuerzos con planes de futuro sin saber cómo vamos a salir de esta.

Holmes se adentró en la calle y caminó por ella con muchas precauciones hacia su domicilio, siempre con la pistola que llevaba consigo al alcance de un gesto rápido de su mano no herida.

Pensó en los napoleones del crimen y lo que le había dicho Watson sobre Adam Worth. El detective que le puso el apodo se llamaba Robert Anderson y, literalmente, discrepaba del que había utilizado él para referirse a Moriarty, aunque por muy poco, «el Napoleón del mundo criminal». Además, atrapar a Worth no era una prioridad para él a pesar de ser un malhechor consumado, porque una de sus órdenes estrictas era que sus secuaces jamás debían usar la violencia.

Mary Watson, antes Mary Morstan

Sidney Paget: El inspector Lestrade arrestando a un sospechoso

5. Lestrade

> Gregson es el hombre más agudo de Scotland Yard [...]. Él y Lestrade son lo mejorcito de un grupo de torpes. Actúan con rapidez y energía, pero sin salirse de la rutina. Son odiosamente rutinarios. Además, se acuchillan el uno al otro. Son tan celosos como una pareja de beldades profesionales.

> *Estudio en escarlata*

El inspector Gregory[5] Lestrade, presente en el atentado con un ladrillo contra la vida de Sherlock Holmes, acudió a verle a su casa para conocer mejor los sucesos de aquel día, puesto que también había noticia del ataque del hombre armado con una porra contra él.

El detective, en su orgullo por ser como era, un investigador eficientísimo contra el crimen dado en Londres, no tenía muy buena opinión de los inspectores de Scotland Yard con los que solía tratar sobre esos casos, Gregory Lestrade y Tobías Gregson, a los que no le importaba decirle a

---

[5] Hay que recordar que Arthur Conan Doyle nunca da el nombre de pila del inspector Lestrade, solo en una ocasión menciona la inicial del mismo, G.

la cara su cortedad de miras a la hora de investigar un delito en el que coincidía con cualquiera de los dos o con ambos al mismo tiempo.

Además, su opinión de quién era más competente de los dos variaba según las circunstancias. En el caso que la prensa denominó *Estudio en Escarlata*, me llegó a decir que Gregson era el investigador más avispado del grupo de policías que él consideraba de una competencia limitada en Scotland Yard. Sin embardo, en otra de nuestras pesquisas, que todo el mundo que leía mis crónicas sobre nuestras investigaciones era comúnmente conocido como *El sabueso de los Baskerville*, se desdice de esa opinión y llegó a afirmarme que Lestrade es el mejor de los profesiones de los inspectores que conocía.

Lo cierto es que Lestrade y Gregson, tan habituales en las indagaciones que llevaba a cabo Holmes y, tal vez por ese motivo, el de contar con el favor preferente del magnífico detective, mantenían una rivalidad soterrada entre ellos para ser considerados los mejores policías de Scotland Yard en la ciudad de Londres.

Tal vez por ese motivo, para evitar que Gregson se entrometiera en lo que ya había tratado él en parte, se apresuró a visitar a mi compañero, y no únicamente por saber el estado en que se encontraba, sino para saber él antes que nadie qué se traía entre manos Holmes como para haber sido objeto de dos atentados, que él supiera, puesto que del intento de atropello que sufrió aún no sabía nada, para compartir con él la resolución de un caso que seguro que se daba y del que Lestrade aún no sabía nada.

La cortesía le hizo preguntar a Holmes, en primer lugar, cómo se encontraba de salud tras sufrir las leves heridas que el ladrillo le habían ocasionado en la cabeza, aunque al ver el estado de la mano de su interlocutor quedó espantado y quiso conocer hasta el último detalle de la agresión sufrida por el hombre de la porra.

Tras contárselo, mi amigo le hizo también referencia al primer atentado que sufrió y Lestrade, al escucharle, hizo un breve comentario de perogrullo.

—Tres intentos de asesinato contra su persona en un solo día.

—Y hoy no he tenido la oportunidad de salir del 221B de Baker Street —añadió Holmes, molesto por el comentario que él consideró absurdo por evidente que el inspector había hecho con anterioridad, lo que le demostraba una vez más la rutina con la que se manejaban los policías de Scotland Yard—, sino podría haber ocurrido que el número de atentados que hubiese recibido ya superaran de sobra ese número que ha mencionado usted.

Lestrade guardó un silencio que ya tenía de previsto de antemano mantener, para pasar a lo que más le interesaba, saber de su visita al detective.

—¿En qué anda metido, señor Holmes? —preguntó cuando lo consideró conveniente.

—En algo tan grande como sorprendente para personas que, como usted y otros muchos más, les engañan las apariencias.

Lestrade ya estaba acostumbrado a las diatribas de Holmes, por lo que no respondió con malas palabras a lo que él consideró una desconsideración hacia su persona.

—¿Puede ser más específico?

—Sí, siempre que cuente con su colaboración en un plan que contrarreste los intentos de asesinato hacia mí que tengo presente.

—Si le estoy haciendo preguntas, es porque le estoy ofreciendo mi colaboración, aunque he de confesarle que me da un poco de miedo cuando usted urde un plan como el que ha dicho.

—¿Sí o no, señor Lestrade? —Holmes pareció no escuchar sus quejas.

A Gregory Lestrade nunca le habían gustado los métodos utilizados por el detective para llegar hasta la verdad de un caso, ya fuera un asesinato u otro delito grave, pero lo cierto que no dejaba reconocer para sus adentros que Holmes siempre había dado con el culpable del hecho investigado.

—¿Tendré que burlar la ley?

—Solo hasta cierto punto.

—¿Qué quiere decir con eso?

—Que debe de no encontrar el culpable de un hecho que voy a realizar.

—¿Va a matar a alguien?

—¿Lo he hecho antes alguna vez?

Lestrade se lo pensó durante un buen rato. El caso que investigaba Sherlock Holmes, supuso, debería de tratarse de una cuestión de extrema gravedad, de tal forma que sí el detective llevaba a buen puerto sus pesquisas y su nombre aparecía en la prensa asociado a él, su prestigio como inspector llegaría hasta las nubes.

—Está bien, dígame de qué se trata —acabó consintiendo.

Holmes no tardó ni un respiro en informarle.

—El profesor James Moriarty, que cuenta con amigos hasta en el entorno del gobierno de su majestad, es un criminal peligroso que tiene establecida una red delictiva cuyos tentáculos se extienden por todo Londres.

—Yo creía que el que tenía implantada una organización de ese tipo era Adam Worth —exclamó Lestrade con recelo, como si no se creyera lo que acababa de oír.

—A Adam Worth no voy a ponerle flores —repuso Holmes—, es un criminal de muchas habilidades que está sangrando Londres. Pero, según mi opinión, el señor Moriarty es mucho más peligroso que él, porque no pone objeciones al asesinato si eso significa cumplir con sus planes.

—Perdone, señor Holmes —Lestrade seguía reticente a creerle—, ¿pero está seguro de lo que dice? Mire que el señor Moriarty es una persona de prestigio que se le vincula más al desarrollo de su disciplina, las matemáticas, y no a una labor de jefe de malhechores.

—Estoy totalmente seguro de lo que es, en realidad, el señor Moriarty.

—¿Por qué tiene tanta certeza? ¿Tiene pruebas contra él?

—Las voy acumulando.

—¿Entonces?

—El propio señor Moriarty en persona ha confirmado mis sospechas, de palabra, ante mí y mi compañero de andanzas de este tipo, el doctor John Watson.

Una pausa más para que Lestrade reflexionara sobre todo lo oído en aquella reunión.

—Lo fácil sería decirle, señor Holmes —la rompió cuando hubo tomado una decisión—, que si detenemos al señor Moriarty acusado de ser uno de los reyes del crimen de Londres, negará que haya pronunciado las palabras que usted dice que dijo, por lo que estaríamos en un caso de su palabra contra la suya. —Encendió un cigarrillo, tal vez el tercero que se iba a fumar en el breve periodo de tiempo que ambos interlocutores llevaban hablando—. Usted y yo no somos amigos, porque usted es de pocos de estos y, aunque ya le voy conociendo bien y sé que no es lo pretende, la sabiduría que demuestra a todas horas se confunde con la arrogancia. Pero, al mismo tiempo, usted y yo ya hemos trabajado en varios casos, tal vez el eminente señor

Homes es lo más parecido a un compañero de trabajo que haya tenido nunca, porque sin duda Tobías Gregson no lo es, así que aquí estoy, para ayudarle a llevar a cabo ese plan que supongo de antemano que será descabellado para detener el ansia de su enemigo para terminar con su vida, y que sea lo que Dios quiera. Siempre, por supuesto, que luego no me aparte de la investigación que llevará a prender al criminal más recóndito de la historia de Inglaterra.

—Eso no ocurrirá, por supuesto.

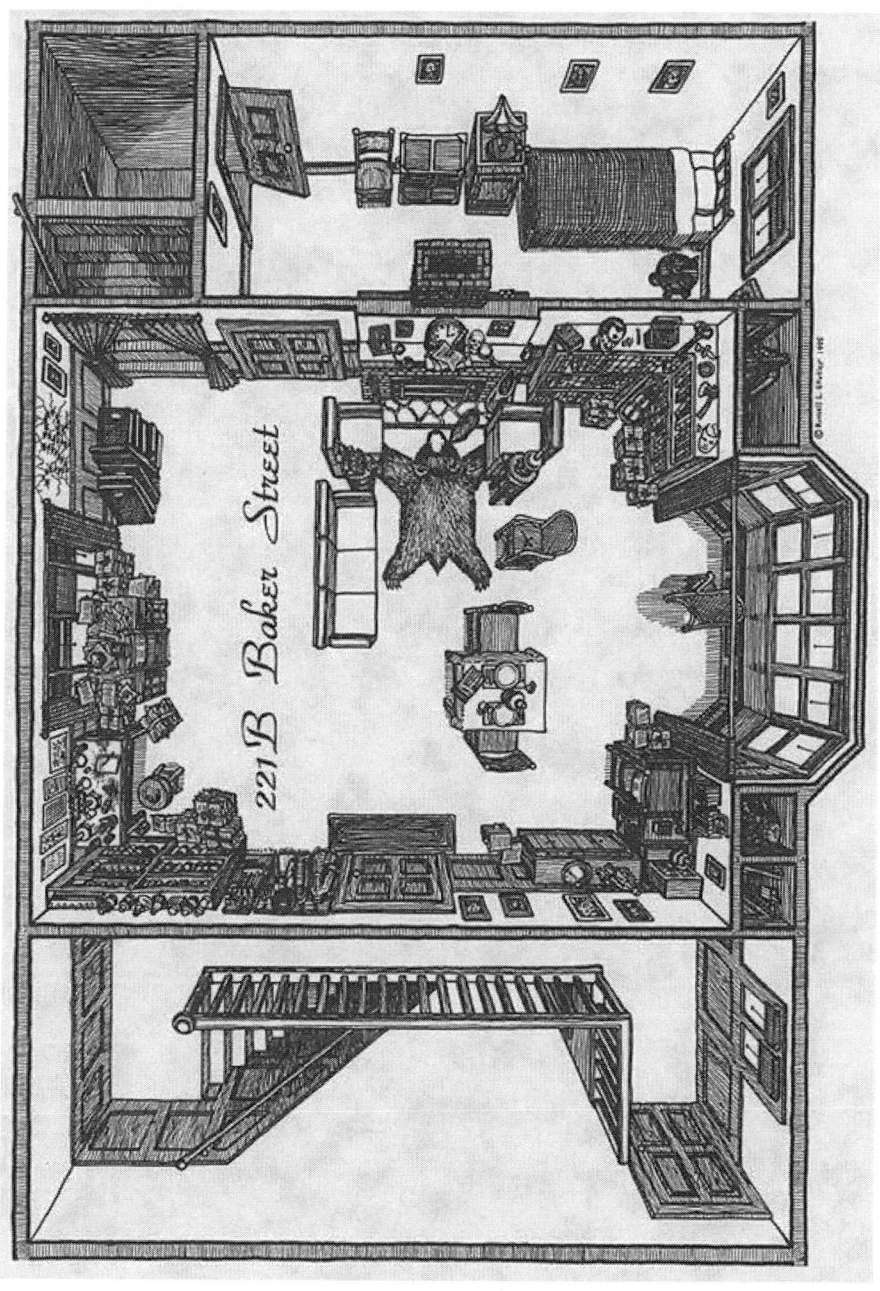

221B Baker Street

6. El tirador

Sebastian Moran, que llegó a ser coronel del ejército británico hasta que fue licenciado con deshonores tras la Guerra de Afganistán, nació en el seno de una familia de sires y su padre llegó a ser ministro de Persia.

Tras ser expulsado de la milicia imperial, declinó acogerse al amparo de su padre, que por otra parte renegó en parte de él por la deshonra que supuso para la familia su ignominioso comportamiento en Afganistán y en otros lances anteriores. La habilidad de Moran con el rifle le llevó a ofrecer sus servicios como asesino a sueldo, hasta que adquirió tal fama en su oficio que Moriarty lo reclutó para realizar un trabajo oscuro en el que hubo de cometer varios homicidios.

El éxito de la misión encomendada, su porte distinguido, lo que le hacía tener un aspecto de persona respetable y su pertenencia a varios de clubes de prestigio, hizo que Moriarty lo acabara convirtiendo en su brazo derecho, al que recurría esporádicamente para que matara a enemigos de su trama aprovechando su habilidad como francotirador.

Homes y yo ya habíamos tenido contacto con él en el pasado, cuando investigamos el asesinato de una señora de la que solo recuerdo el apellido, Stuart, ocurrido en el año 1887, un poco antes del apogeo criminal de Jack el Destripador.

Mary hizo su función de vigilancia a la perfección, siguiéndolo todas las mañanas desde que salía desde su domicilio en Conduit Street, no demasiado temprano, hasta su destino final, que solía tratarse del Anglo-Indian Club, el Tankerville Club o el Bagatelle Card Club, según donde se hubiese citado con su jefe, James Moriarty, para recibir instrucciones.

Una persona de las cualidades de Moran hubiese acabado detectando la presencia de Mary como su sombra si no hubiese contado con la ayuda inestimable de la chiquillería miserable que tenía las calles como su hogar, que se turnaban con ella en la vigilancia del segundo hombre más peligroso de Londres, según la definición del propio Holmes.

Una vez sabido por todos que el itinerario del lugarteniente de Moriarty no era siempre el mismo, al depender del club en donde fuera citado por su jefe, decidimos, más bien lo hizo Holmes, que el plan establecido contra Moran debía realizarse en las inmediaciones de su domicilio, de la que sería él en persona el encargado de ejecutarlo. La segunda página de la trama urdida por él, para que supiera el napoleón del crimen que no estaba tratando con colegiales, me tocaría realizarla a mí, solo en un destino preestablecido, un piso alquilado con una vista inmejorable sobre el claustro donde Moriarty solía salir a pasear en los interludios que él solía tomarse para relajarse entre fórmulas matemáticas, embarcado ya en el próxima investigación en la materia que dominaba que aún le proporcionaría mucho más renombre internacional, puesto que se adelantaría en más de diez años al que sería su verdadero divulgador.

El día acordado, la hora establecida. El vehículo que conducía en sus andanzas al antiguo coronel era un triciclo Patent-Mo-Torwagen 3, de la casa Benz, un verdadero lujo pues se habían fabricado muy pocas unidades de él y había adquirido mucha fama en todo el mundo por ser el modelo que utilizó Bertha Benz, la esposa del titular de la marca, para realizar el primer viaje en automóvil conocido, que con ida y vuelta entre el punto de partida y el destino supusieron un recorrido de poco más de ciento veinte millas, que en el sistema métrico decimal inventado por los franceses, se traduciría en 194 kilómetros. Holmes solía renegar mucho de ese coche, como de todos los provistos con motor de combustión, por ser un incondicional seguidor de los vehículos a vapor.

El aspecto del Patent-Motorwagen 3 era de apariencia frágil, pero Holmes nos advirtió de que la vista es el más mentiroso de los sentidos, y que iba a actuar como si aquel automóvil fuera un tren de mercancías.

—Aunque siempre sin atentar, porque aún no lo considero necesario, contra la vida de Moran y su escolta.

El Patent-Motorwagen 3 enfiló Conduit Street y Holmes actuó casi enseguida, puesto que sabía por la información que le había proporcionado Mary que Moran, que siempre gustaba de conducir el vehículo, en cuanto podía, ponía el coche a toda marcha, que era nada más y nada menos que diez millas por hora.

De pasajero siempre llevaba a su hombre de confianza, que siempre le hacía de escolta, y del que yo no sabía más que era llamado por un apodo, Howdah, derivado del nombre de la pistola más famosa del imperio, un arma de gran calibre, de dos o cuatro cañones, que en principio fue pensada para la defensa del hombre ante las grandes fieras, aunque más tarde se hicieron frecuentes entre la oficialidad de nuestro ejército, que incluso las utilizaban en combate. En este momento, las armas fabricadas por Howdah estaban en evidente decadencia, habían perdido una buena parte de su mercado por la aparición de armamento mucho más manejable que la legendaria pistola. Parecía ser que el guardaespaldas de Moran aún la seguía utilizando.

Como iba diciendo, Holmes decidió actuar de inmediato. Un grupo de zagales se interpuso en la trayectoria del triciclo, simulando más una riña entre ellos que un juego, que era lo que les habíamos dicho de representar.

Moran hubo de detener el vehículo, hizo sonar la bocina del mismo e, invadido por la impaciencia, ordenó a Howdah que bajara del coche y echara a los críos de la calzada.

El escolta no llegó a apearse, aunque empezó a hacer el gesto de hacerlo. Porque en ese momento Holmes, disfrazado como un hombre de mucha más edad de la que él tenía, lanzó un único cartucho de dinamita a la parte baja de la rueda delantera izquierda del triciclo, que al estallar, hizo que el automóvil se desestabilizara y estuviera a punto de volcar.

Moran y Howdah quedaron aturdidos, pero sin heridas aparentes, aunque al fijarse más detalladamente en el rostro del principal asesino a las órdenes de Moriarty, pudo ver que le sangraban los oídos.

Holmes esperó con paciencia a que Moran se recupera lo suficiente de su conmoción para que lo primero que viera fuera una pistola apuntándole a la cara, enarbolada por Holmes con una firmeza que asustó sobremanera al antiguo coronel, terror que quedó reflejado en sus ojos abiertos como platos.

—Ustedes han fallado en sus tres intentos —no especificó de qué, sabía que Moran le entendería—, yo le he dado un aviso, señor Moran, si las cosas no cambian con respecto a mi persona, le aseguró que yo no hago tentativas de ese tipo, acierto siempre.

Mientras ocurría esto, yo estaba apostado en la ventana con mejor visión sobre el claustro universitario en donde James Moriarty hacía sus descansos. Iba armado con un rifle con mira telescópica, apoyado en un trípode robusto, anclado con consistencia al suelo.

Yo siempre había sido un muy buen tirador, aunque

estaba seguro de que en un duelo con Moran tendría todas las de perder, porque yo era bueno, él el mejor.

La paciencia era una de mis virtudes, pero ya empezaba a desesperar. Aquel día, Moriarty había llegado muy temprano a la universidad y sobre la hora en que Holmes debería estar atentado contra su lugarteniente, el profesor solía hacer su primer descanso. Pero ese día se estaba retrasando, solo esperaba que saliera al claustro antes de que le llegara la noticia del ataque a los suyos.

No debió ser así, porque en ese momento apareció el objetivo ante el visor de mi rifle, como una imagen borrosa que debería de enfocar.

Así lo hice, con calma, no debía precipitarme, solo dispondría de un único tiro y no podía fallar. Llegó el momento. Allí estaba, justo en el punto de mira que me mostraba el visor. Disparé. La bala recorrió como una exhalación la distancia que nos separaba a ambos, aunque a mí me pareció que iba a paso de tortuga. Hasta que llegó al blanco prefijado, el sombrero del napoleón del crimen, que salió volando por los aires y luego se posó con brusquedad en el suelo.

Los avisos ya estaban dados, suponiendo que Holmes hubiese perpetrado el suyo con éxito, algo de lo que estaba seguro que sería que sí. La cuestión es que Moriarty lo entendiera como tal y no como un reto.

El tiempo dictaría sentencia.

El inspector Lestrade cumplió con la promesa dada, y achacó el atentado contra Moran a un anarquista, cuya descripción cuadraba por completo al Holmes disfrazado.

Benz Patent-Motorwagen 3

Automóvil Serpollet

7. Southampton

Sherlock Holmes quiso dar un paso más en una sospecha que le rondaba como un runrún en su cabeza. Para llevarlo a cabo, debería viajar a Southampton, una ciudad del sur de la isla, donde según había dicho alguna vez James Moriarty, era donde había dado clases antes de trasladarse a Londres. Localidad por la que sentía un apego especial, según sus propias palabras, porque fue allí donde desarrolló el grueso de sus investigaciones que le permitieron publicar su Tratado de Álgebra.

—Lo cierto es que las palabras dichas en público por Moriarty no me inspiran la más mínima confianza —expresó Holmes con desconfianza—, pero he tenido la oportunidad de informarme de la verdad de su pertenencia al claustro de la universidad de Southampton y he recogido testimonios veraces de que sí, es verdad que ejerció allí como profesor.

—Si ya conoce que Moriarty no ha mentido con respecto a su ejercicio como profesor en Southampton, ¿qué necesidad tenemos de acudir allí?

—Porque de su vida y de su currículo laboral he podido comprobar todos los datos que él mismo ha dado a conocer, incluso conozco la fecha de su nacimiento, el 31 de octubre de 1846, pero he sido incapaz de averiguar cuál es el lugar de su nacimiento[6]. Por eso iremos a Southampton, para ver si allí conseguimos recabar datos sobre él que nos lleve a ese conocimiento.

—¿Por qué tiene la necesidad de saber la ciudad de su seguimiento?

—Al enemigo hay que conocerlo mejor que lo que pueda saber él de sí mismo, por lo que veo imprescindible la investigación de sus orígenes, su entorno, de dónde estudio, de dónde dio clases. —Yo no lo sabía entonces, pero mi compañero solo me dijo, en ese momento, una verdad a medias—. De Moriarty solo conocemos hechos desde que se trasladó a Londres a vivir, y no todos, solo los que él ha dejado entrever o los que ha ido dictando a los periódicos cuando ha sido entrevistado como una loa hacia sus libros.

Un silencio se hizo entre ambos. Yo ya tenía la cabe-

---

[6] Arthur Conan Doyle nunca llegó a reflejar ese dato.

za el viaje que me esperaba montado en el Serpollet de Holmes, y es que yo no me acababa de acostumbrar a esos cacharros, pero sobre todo en Mary. Dejarla sola aquí supondría exponerla a un riesgo innecesario, porque era muy probable que el clan de Moriarty quisiera tomar represalias contra nosotros tras lo ocurrido con el hampón y su lugarteniente, porque el miedo a darse cuenta de que ellos corrían un riesgo similar al nuestro se les pasaría, y estaba seguro que no tardarían en volver a atacarnos, ya me incluía yo y mi esposa.

—Doy por hecho que voy a acompañarle en el viaje a Southampton, pero no podré hacerlo si no velo antes por la seguridad de Mary —acabé exponiendo.

—Con respecto a su esposa, Watson, se me han ocurrido dos soluciones —contestó Holmes, que ya había previsto la contingencia—. Una, que se quede a cargo de mi hermano Mycroft, que sabe que es un cargo importante del gobierno aunque nunca haya llegado a ser ministro, y que dispone de los medios necesarios para asegurar la seguridad de su querida Mary.

—¿Dejarla con otro Holmes, tan desconcertante en sus actitudes como al que me honro por considerar mi amigo? No me gusta la idea, así que me tendrá que contar qué otra posibilidad ha pensado para protegerla.

—Es muy sencillo, que nos acompañe hasta Southampton —respondió Holmes de inmediato—. Su mujer ha demostrado la suficiente competencia como para cumplir con un cometido que yo le encargué, vigilar al coronel Moran, y tal vez pueda seguir siéndonos de ayuda. Le prometo que no la consideraré como un estorbo si viene con nosotros.

—¿Su coche tiene capacidad para tres personas?

—El nuevo, sí, y para más si fuera necesario.

Tras informar al inspector Lestrade de sus planes, Holmes dispuso el viaje para el día siguiente. Él, como yo, temía que la reacción de Moriarty y los suyos no se dilatara en el tiempo, cuando entendiera que su única opción para pararnos los pies era matarnos, costaran las vidas que fueran entre los suyos, y no quería dilatarse en demoras.

La distancia entre Londres y Southampton era de unas ochenta millas[7], no llegaban por poco, por lo que teniendo en cuenta la velocidad máxima que podía tomar el

---

[7] Unos 110 kilómetros.

Serpollet, los adelantamientos que hubo de hacer a otros vehículos, ya fueran de tracción animal o mecánica, y la parada en ruta que hubimos de hacer para almorzar, cuando llegamos a nuestro destino acababa de caer la noche.

Nos alojamos en un hotel próximo al centro, el que más comodidades pareció tener a simple vista, en la planta más alta del establecimiento, por petición expresa del detective, que así quería evitar que pudieran ser atacados por supuestos enemigos, o no, desde edificios próximos, con la misma táctica que había usado yo para disparar contra el sombrero de Moriarty.

La planta más alta era la tercera, que afortunadamente no hubimos de subir a pie cargados con las únicas maletas de Holmes y la mía, y el baúl de Mary, que lo había llenado a rebosar alegando que no sabía cuánto tiempo estaríamos en Southampton, y no quería que una estancia larga la pillase desprevenida. Y si no hubimos de subir la escalera con el equipaje, fue porque el hotel tenía ascensor, en donde he de reconocer que la voluminosa valija de mi esposa cogió de milagro.

Tras instalarnos, recorrimos el casco viejo de la ciudad, compuesto en su mayoría por casas de estilo georgiano, la arquitectura predominante en Inglaterra establecido entre principios del siglo XVIII hasta mediados del siguiente, denominado así por la sucesión de cuatro reyes de nombre Jorge durante ese tiempo, una especie de neoclásico adelantado al del resto del continente.

Las brumas establecidas por los humos de las muchas fábricas establecidas allí permanecían asidas al aire que se respiraba allí, a pesar de que eran raras las factorías que trabajaban en horario nocturno en la ciudad.

A la mañana siguiente, nos dirigimos a la universidad, que a pesar de ser pública, lo que parecía redundar en que se tratara de un centro de poco prestigio, en realidad era todo lo contrario, por su labor volcada en la investigación, a pesar de su relativo reciente establecimiento, puesto que se había fundado hacía tan solo tres décadas.

Al comunicar en recepción el motivo de nuestra visita y sacar a relucir el nombre de James Moriarty y el de Sherlock Holmes como el principal de los visitantes que veníamos a indagar sobre él, el empleado adquirió un especial interés en nosotros e hizo unas cuantas gestiones, farragosas en apariencia, para conseguir que nos recibiera el rector de la universidad.

El director del centro era un hombre entrado en años, vestido con una elegancia exquisita, que no sabíamos si era sir o no, porque se presentó únicamente con su nombre y apellido, Thomas Shore, que nos inquirió aún en la entrada de la institución por los motivos de nuestra visita, que Holmes le contó con pocas palabras.

—James Moriarty —musitó el rector—, un nombre que no había oído pronunciar en boca de otro desde hace muchos años, aunque les mentiría si les dijera que no he oído hablar de sus dotes bibliográficas en el ámbito de las matemáticas. —Dio un profundo suspiro y alzó el tono de voz—. Si les parece bien, acompáñenme a mi despacho, allí podremos hablar con más tranquilidad.

—Le agradecemos de antemano su amabilidad, señor Shore —le respondió Holmes—. Le seguimos.

Anduvimos por pasillos y subimos escaleras hasta llegar hasta el despacho del rector, un lugar no demasiado amplio, muy ordenado, abarrotado de libros en los estantes y papeles arrinconados en un rincón, sin duda situados allí provisionalmente cuando fue avisado de que tenía una visita, que no quería que se tomara una opinión equivocada de él al ver su escritorio repleto de ellos.

—Así que James Moriarty.

—Sí, hemos venido desde Londres hasta aquí para indagar en sus orígenes.

—En eso no les podré ayudar, porque el señor Moriarty no es natural de Southampton.

—Al haber estudiado en esta universidad, yo había creído que así era.

—Tampoco. El señor Moriarty no cursó su carrera en esta institución.

—La verdad que no sé qué decirle ahora, señor Shore, no es nada habitual en mí crear castillos en el aire.

—Lo sé, señor Holmes. Southampton no es Londres, pero estamos al tanto de lo que ocurre en el resto del país, y conozco perfectamente sus hazañas en la investigación de crímenes, antes y después de su éxito en el descubrimiento de quién era Jack el Destripador y el Asesino del Torso. —Bebió un sorbo de un vaso de agua que tenía líquido hasta su mitad—. Ahora veo que está tras la pista de otro delincuente.

—¿Es eso Moriarty para usted?

—Toda la pinta tenía cuando pululaba por aquí.

—¿Puede explicarse, señor rector? —intervine por

primera vez en la conversación. No pude evitarlo, las palabras de Shore me estaban dejando estupefacto.

—El señor Moriarty fue contratado como profesor de esta universidad porque contaba con excelentes referencias y un currículo envidiable —el rector atendió a mi petición—. En clase se desenvolvía bien, no puedo mentirles en ese aspecto. No en vano, ese señor es uno de los hombres más inteligentes que haya conocido jamás. Las matemáticas se le daban muy bien, era excelente en ese sentido, pero no un genio capaz de escribir un tratado avanzado sobre álgebra y menos aún sobre la trayectoria de los asteroides.

—¿Quiere darnos a entender que esos libros no fueron escritos por él? —preguntó Holmes.

—Lo que quiero decirles es que el señor Moriarty es posible que interviniera en la redacción de esas obras que han sentado cátedra, aunque también soy de la opinión de que, si lo hizo, fue uno más entre otro u otros más, o…

—O…

—Que plagió los conocimientos de un hombre más versado que él en esos temas para hacerlos suyos y publicar ambos libros.

—Lo que está diciendo es muy grave —volví a hablar yo—. Eso supondría que el prestigio del señor Moriarty en el mundo de las matemáticas es como la espuma en el mar.

—Yo solo les he dado mi opinión —el rector se mantuvo firme—. Sin pruebas, jamás reputaré la autoría de esos tratados por su parte.

—¿Por eso le llamó antes delincuente? —prosiguió el detective.

—No, por supuesto que no —negó Shore—. Ya les he dicho que el señor Moriarty es uno de los hombres más inteligentes que he conocido en mi vida. Si hubiese dedicado ese don a las matemáticas, hubiese abrigado la genialidad. La cuestión es que no dedicaba toda su agudeza mental a ese campo, sino al crimen.

—Lo que nosotros sabemos de él es que teje sus redes criminales con la mayor argucia —replicó Holmes—, en Londres es considerado un personaje relevante de la élite social de la ciudad, incluso con amistades muy influyentes, del que muy pocos sospechan que es un napoleón del crimen.

—Antes les dije que en Southampton no vivimos aislados del mundo y que estamos al corriente de todo lo que acontece allende de los límites de su condado, pero también es evidente que Southampton no tiene las dimensiones, ni físicas ni sociales, que tiene Londres. Los rumores sobre la implicación del señor Moriarty en negocios turbios aquí acabó saliendo a la luz, porque en uno de sus tejemanejes quiso envolver a un *lord* de rancio abolengo, que a pesar de ello prefirió hacer publica parte de la manipulación o estafa a la que estaba siendo sometido. En teoría, no dio nombres, pero sus insinuaciones en ese sentido no dejaron lugar a dudas de quién se trataba, y fue cuando otros perjudicados por Moriarty empezaron a rumorear sobre su persona fuera y dentro de sus clubes.

Una pausa en la conversación, que el rector aprovechó para dar otro sorbo al agua.

—Antes nos ha dicho que el señor Moriarty no era natural de aquí, ¿cómo ha llegado a saber eso? —fui yo quien formuló esta pregunta.

—Por su currículo.

—¿En él se indica el lugar de su nacimiento?

—Como suele hacerse en todos los currículos.

—¿Se acuerda de la localidad que indicaba él como su cuna?

—Por supuesto que no, la memoria me flaquea cuando se trata de detalles que no son imprescindibles para mí. —Shore hacía un uso muy correcto de cada palabra que utilizaba—. Pero por eso no deben preocuparse, le puedo decir a mi secretario que nos traiga el currículo del señor Moriarty y pueden verlo por ustedes mismos.

—¿Aún lo guardan?

—Por supuesto. En la universidad de Southampton no se tira ningún papel relacionado con las actividades de la misma.

—Pues si nos hace ese favor.

El rector hizo sonar una campanilla y casi de inmediato llamó alguien a la puerta, al que este concedió el paso. Se trataba de un hombre aún joven, casi calvo, con gafas gruesas que le tapaban media cara, que se aprestó a ponerse a disposición del que supimos que era su jefe.

—Señor Williams, hágame el favor de acercarse a ver al señor Radford, pídale que busque el currículo de James Moriarty, se lo entregue, y que haga usted lo propio con nosotros.

El secretario asintió con la cabeza de forma rotunda,

cerró la puerta y fue a cumplir con el encargo que le había mandado el rector.

—Tal vez la búsqueda del currículo del señor Moriarty le lleve un tiempo del que usted no dispone —comentó Holmes haciendo gala de una exquisita educación, a pesar de que lo que estaba diciendo no lo sentía, puesto que ansiaba por conocer el dato que tanto le había obsesionado durante los últimos días, dónde había nacido Moriarty—. Si es así, podemos volver en el momento que usted considere más conveniente para ver en qué lugar tuvo el natalicio del señor Moriarty.

—No se preocupe por eso, señor Holmes —replicó Shore—. El señor Radford, como buen judío que es, es un hombre minucioso que conoce dónde está cada componente de su trabajo. Mi secretario no tardará en volver con lo que le hemos pedido que traiga.

Así fue, en efecto. Williams regresó más pronto que tarde, mientras que en el rato que estuvimos esperándole conversamos los cuatro sobre el tema más socorrido para estos casos, el tiempo.

El rector no quiso ver el currículo de Moriarty, se lo tendió directamente a Holmes tras recibirlo del secretario.

La fecha de nacimiento coincidía con la que ya conocíamos, el 31 de octubre de 1846, que fue en lo primero que se fijó mi compañero, para verificar que el documento tenía visos de ser real.

Tras ese primer paso, posó su vista sobre el lugar de nacimiento, donde estaba yo mirando desde el principio. James Moriarty.

Newport, isla de Wight.

A mí me temblaron las piernas. Si Holmes quería llegar hasta allí se podía hacer de varias formas. En un aeroplano, en globo, en girocóptero y, siendo aún más descabellado, a nado. En efecto, no he citado el barco, porque es el medio convencional y, desde el punto de vista de cualquier persona cabal, el medio mejor dispuesto para llegar hasta ella, pero Sherlock Holmes era de todo menos un hombre sensato.

Casa Tudor, Southampton

A. Seaton Cooper: The Needles

8. The Needles
(Las Agujas)

Tal como yo pensaba, Sherlock Holmes decidió que nos desplazáramos cuanto antes a la isla de Wight. Yo no me opuse, Mary se mostró encantada, aunque supongo que lo estaría menos si supiera en qué artilugio diabólico nos pensaba llevar el detective hasta allí.

Por fortuna para mí, a Holmes no le había dado tiempo a preparar ningún invento extremo para transportarnos a la isla, cosa que supe que no le sentó bien a mi compañero, más que nada por el tiempo que habría de invertir en el viaje que por otra cosa, porque si habría habido una forma automática de trasladarnos a Wight, nosotros nos hubiésemos embarcado en ese viaje.

La isla, que era como los lugareños de Southampton simplificaban su nombre, omitiendo el Wright, estaba separada del resto del país por un estrecho brazo de mar, llamado estrecho de Solent. Desde el puerto de la ciudad, se podía contemplar el perfil de la misma, cuando los jirones de bruma gris permitían contemplarla. Al verla tan cerca, Holmes cambió de humor, la travesía hasta ella no duraría más de una hora o dos. Por supuesto, no quiso esperar al próximo barco de línea y se dispuso a contratar los servicios de un barquero, con el que concretó un precio que a mí me pareció excesivo, pero que el detective consiguió minorar porque no se le escapaba ni una.

El marinero no dejaba de otear al coche de mi amigo, llegando hasta el extremo que durante nuestra conversación para perfilar sus servicios, miraba mucho más al automóvil que a nosotros mismos. Entonces, Holmes le propuso que podía cuidar del Serpollet mientras nosotros permaneciéramos en la isla, con la posibilidad de conducirlo si sabía hacerlo y nos hacía una rebaja en el atraco que quería hacernos al tasar sus servicios.

El barquero aceptó el trato, quedamos con él un par de horas después y, una vez de vuelta, embarcarnos rumbo a Wright. La embarcación era un pequeño buque pesquero dotado de motor, que nos llevó con celeridad hasta nuestro destino.

Durante el trayecto, el marinero, que maniobró él solo el barco, nos dijo que en la isla no había alojamientos tipo hotel, pero nos dio un par de direcciones de Newport en donde admitían viajeros. Eso sí, exentos de todo tipo de lujos.

No se inmiscuyó en los motivos de nuestro viaje, pero sí que nos dio un consejo para nuestra estancia en la isla.

—No dejen de ver The Needles, tal vez imaginen un dragón.

—¿Dónde están esas agujas? —preguntó Mary.

—No tiene pérdida. Pregunten por la bahía de Alum, desde su contorno tienen varias vistas magníficas sobre ellas.

En un momento determinado, dejamos de navegar por el mar y penetramos en un río, que por el barquero supimos que se llamaba Medina, hasta llegar a Newport, que contaba con un puerto fluvial.

Una vez en tierra, pronto ya a anochecer, indagamos en el puerto por las direcciones que nos había dado el marinero y como se trataba de una ciudad pequeña, no tardamos en dar con la primera, donde se enclavaba una casona rústica de dos plantas que no parecía un icono de la comodidad, a la que Homes nos arrastró a Mary y a mí para pedir alojamiento.

Tenía dos habitaciones para huéspedes como nosotros, pero una de ellas estaba ocupada, así que nos ofreció la libre para el matrimonio y la propia suya y de su marido para Holmes, que inmediatamente declinó la oferta.

—No tengo la menor intención de desalojarles de su propia casa —dijo.

—Usted no se da cuenta de las cosas, caballero —replicó la mujer toda cargada de razón—. Por las ropas que visten, estoy seguro de que no saben lo que es el hambre. Yo, por desgracia, sí. Si usted acepta la oferta que acabo de hacerle, supondrá que mi familia pueda ganar más dinero durante su estancia en la isla, lo que nos permitirá comer unos días más que si solo se quedan con una habitación, esa es la diferencia. Por mi marido y por mí no ha de preocuparse, para casos como este cuento con la ayuda de una de mis hermanas, que siempre tiene una cama disponible para nosotros. Y si no, está el suelo, donde no sería la primera vez que duerma.

Por supuesto, Holmes aceptó la otra habitación que

le ofrecía la señora, por lo que nos quedamos los tres alojados en aquella casa.

Al esposo de nuestra anfitriona no lo conocimos hasta la hora de la cena, que la señora preparó para nosotros, con la compra que hizo esa misma tarde en un mercado con el dinero que le dio mi compañero, que dejó bien claro que esas libras que le entregó eran independientes del coste del hospedaje que habíamos concertado con ella.

El día siguiente amaneció con una lluvia que no era torrencial, pero sí copiosa. Holmes, Mary y yo nos dirigimos al ayuntamiento, donde pedimos referencia de los niños inscritos en el registro municipal el día 31 de octubre de 1846 y los días siguientes.

El encargado del registro se mostró, en principio, reticente a proporcionarnos los datos que le solicitamos, un billete de cinco libras que el empleado escamoteó como un prestidigitador en uno de los bolsillos interiores de su chaqueta facilitaron las cosas.

La labor de buscar la anotación del nacimiento de James Moriarty nos llevó toda la mañana. El resultado fue infructuoso, no había ningún varón inscrito en el registro municipal que se llamara James Moriarty y, un dato que miramos también por si acaso, tampoco un niño con su apellido.

—Parece que estamos ante un fantasma —se quejó Mary una vez hubimos concluido de revisar los libros—. Es como si el tal Moriarty no fuera de este mundo.

—No sé si usted andará muy descaminada —dijo Holmes sin dar ninguna explicación del sentido de sus palabras—. Aunque he de decirles, señor y señora Watson, que nuestro trabajo para intentar localizar los orígenes de Moriarty no han concluido todavía. Hemos de acudir a la iglesia, o iglesias existentes en Newport, tal vez en toda la isla de Wight, para ver si existe una partida de bautismo con su nombre.

Yo iba a protestar por tamaño trabajo, que estimaba que era innecesario, pero por fortuna miré de reojo el semblante de Mary, que evidenciaba que estaba encantada con la idea. Así que cambié el término de mi alocución y dije en su lugar la primera cosa que me vino a la cabeza que, por cierto, no fue ninguna estupidez.

—¿Por qué un padre no inscribiría a un hijo suyo en el registro de nacimientos de la ciudad y, por el contrario, sí lo bautizaría?

—Lo siento, Watson, no soy el padre de James Moriarty y no conozco el porqué de una decisión que se pudo tomar en su momento con respecto a él —respondió mi compañero—, por lo que no puedo responder a su pregunta.

—Hagamos lo que tengamos que hacer —Mary dio por zanjado el asunto—. Lamentándonos por lo que nos queda de tarea solo puede significar que trabajemos con unas prisas innecesarias que nos pueden llevar a errores.

Las visitas a las iglesias de la localidad empezamos a realizar esa misma tarde. En una de ellas, el sacerdote al cargo no nos permitió acceder al registro parroquial. Se trataba de un hombre muy anciano, que nos indicó, por el contrario, que llevaba desde antes de 1846 ejerciendo su ministerio en la isla, que se acordaba de todos los niños que había bautizado y, entre ellos, no había ningún James Moriarty, de hecho no conocía a nadie de ese apellido que viviera en Newport, y estaba prácticamente seguro que no había ningún Moriarty en toda la isla de Wight.

Un día, cuando ya habíamos empezado a indagar en el resto de iglesias de la isla, Holmes consensuó con Mary y conmigo tomarnos un día de descanso.

—Podíamos ir a ver lo que el patrón del barco nos recomendó al traernos aquí —propuso—. The Needles lo llamó, si no me equivoco, y aunque no recuerdo el nombre de la bahía en que nos dijo que se encontraban, supongo que cualquier natural de la isla sabrá lo que es.

—A mí me encantaría ir —opinó Mary—. ¿Tú qué opinas, querido?

—Que te quiero mucho, Mary —no quise contestar a su pregunta para no mostrar que no me apetecía en absoluto emprender lo que yo consideraba una excursión.

The Needles, Las Agujas, consistían en tres especies de pilotes naturales de apariencia arcillosa que sobresalían del mar que se parecían de forma superficial a las crestas de un dragón sumergido, situadas enfrente de una bahía que se llamaba Alum, chatos en su forma, por lo que era difícil imaginarse por qué se llamaban así.

Así se lo dijo Holmes al anfitrión de la casa-hospedería que nos había llevado hasta allí.

—El nombre viene de una cuarta formación del mismo material que componen estas —contestó el preguntado—, que era más alta que el resto y que tenía la forma de una aguja.

—Que ya no existe por lo que se puede ver.

—No. Los que vivían en la isla siempre la llamaban la Mujer de Lot, pero se vino abajo tras una tormenta que se produjo en el año 1790 —explicó Robin Greenwood, que era el nombre de nuestro guía provisional—. Como se pueden imaginar, yo no llegué a verla nunca, porque es evidente que yo no había nacido en la fecha que les he indicado.

—¿Y el faro que está en uno de sus extremos? —pregunté yo, porque era evidente que era una construcción que desentonaba en el conjunto de los tres *needles* que aún resistían las acometidas del mar.

—Fue construido con los planos que realizó un ingeniero escocés, creo que llamado James Walker, muchos años después, si no me equivoco en 1859, que ese sí puedo decir que lo vi hacer.

Holmes se quedó muy pensativo. De repente, se volvió hacia Greenwood para preguntarle sobre lo que acababa de decidir.

—¿Podríamos tomar algún barco para acercamos a ver los *needles* de cerca?

—Señores, ahí no podrían desembarcar para recorrer

cualquiera de esos picachos a pie. Si se han fijado bien, no son más que piedras salvajes que no permitirían andar por ellas.

—Pero el faro tendrá que ser atendido por alguien que tiene que llegar de algún modo hasta él.

—¿Quieren ir al faro?

—Sí, si puede ser, y si no también.

—Puedo llevarles hasta la aldea que existe en la bahía, cuatro casas que sirven de hogar al farero y de algunos de los otros hombres que atienden el faro en caso de que hubiera algún problema con su funcionamiento.

—Pues vamos hasta allí.

El camino para descender desde los altos del acantilado que formaba la ensenada hasta llegar hasta la aldea de Alum fue tortuoso. No era más que un sendero en el que malamente cogía el carro que habíamos utilizado para nuestro desplazamiento de Newport hasta allí, tan encrespado que hacer el trayecto resultó por momentos peligroso.

Las cuatro casas no eran tales, sino cinco. Allí, atracado muy próximo a una playa de guijarros, había una barca de buen tamaño que por su aspecto cochambroso, parecía que fuera un milagro que pudiera flotar.

Greenwood habló con la esposa del farero, que a su vez nos remitió a un hombre de pobres vestimentas y de aspecto desgarbado por la propia carne que cubrían sus huesos, que debería de mandar algo sobre las funciones del faro. No dudó apenas en decirnos que sí podría llevarnos hasta el faro, pero que eso nos costaría dinero, en concreto dos libras que la misma Mary pagó al sujeto.

La travesía fue muy corta. Al llegar al pequeño llano en que se alzaba el faro, nuestro improvisado patrón buscó el lugar donde teníamos que desembarcar, unas tablas de aspecto frágil que solía utilizar el farero para atracar su embarcación cuando fuera allí, que por cierto estaba a la vista de todos, una barca más pequeña que la nuestra de similar precario aspecto.

Desembarcamos los tres, puesto que Greenwood se había quedado a la espera en la isla, y dimos una vuelta alrededor del faro en la parte que pudimos, la que no daba al mar, que Holmes inspeccionó con minuciosidad.

Luego se dirigió al interior de la construcción y Mary y yo le seguimos. Lo que vimos dentro no tenía nada de convencional. Artilugios de todo tipo abarrotaban la planta baja, que mi compañero volvió a examinar con el mismo esmero que había hecho con el exterior.

Cuando pisó el primer escalón para subir a la linterna, se vio interrumpido por el farero, que nos había visto llegar y oído trastear en el bajo, que impidió el paso al detective.

—¿Adónde cree usted que va? —le atajó el torrero con voz gruesa.

—Parece que la respuesta a su pregunta es evidente —le respondió Holmes—, a ver la parte superior del faro.

—Ahí no sube nadie que no esté autorizado.

—Solo queremos dar un vistazo.

—Pues se van a quedar con las ganas.

—¿Tan celoso es de su lugar de trabajo o, tal vez, pretende ocultarnos algo?

—Ni lo uno ni lo otro. La linterna es un lugar de trabajo, no el feudo de la curiosidad de unos excursionistas como son ustedes.

—Somos más que eso, señor. Los aquí presentes tenemos el oficio de detectives en Londres y si hemos venido hasta aquí no es para ir de picnic, sino como consecuencia de una investigación que estamos llevando a cabo.

—Aquí no hay nada que investigar.

—Los artilugios presentes en la planta en la que estamos dan a entender lo contrario.

—Lo que están viendo no es más que maquinaria antigua y obsoleta, nada que merezca la pena. El faro, además de su función principal, ha servido de almacén de desechos que han perdido toda utilidad.

—¿Y cómo los han traído aquí? —habló Mary, mostrándose enojada—. Un barco mercante tiene un calado tan profundo que le sería imposible atracar aquí.

—No sabría contestarle a su pregunta, señora —pareció que el torrero retrocedía un tanto en su intransigente posición—. Cuando yo fui contratado para encargarme del faro, todos esos armatostes ya estaban aquí.

—Jamás he querido emplear la fuerza salvo cuando ha sido estrictamente necesario —ahora hablé yo—, por eso no le voy a apartar de esas escaleras haciendo el uso de ella.

—Quién sabe, a lo mejor soy yo el que le venciera en esa puja entre hombres que acaba de insinuar.

—Está bien, señor —retomó la palabra Holmes—. Usted se empeña en que no subamos hasta la linterna de este lugar y no vamos a obligarle a que nos ceda el paso a puñetazos. De todas formas, ya sé qué es lo que encontraría allá arriba. —El farero se alarmó ante la seguridad que mostro mi amigo—. Pero tal vez pueda contestarnos a un par de preguntas, le aseguro que no le haré más.

—Le contestaré si sé las respuestas a ellas.

—La Mujer de Lot era una formación natural o artificial.

—No entiendo la pregunta.

—Le estoy pidiendo que me diga si el Needle que se llevó por delante una tormenta hace cien años era obra del hombre o un capricho de la naturaleza.

—Lo segundo, por supuesto, ¿cómo iba a ser una construcción hecha por el hombre? Creo que su pregunta es absurda.

—No lo crea. La Mujer de Lot cae abatida por los elementos y es sustituida sesenta años después, imagino que no pudo hacerse antes, por el faro, muy probablemente para reemplazarla en su función.

—¿Qué cometido es ese?

—El que usted y yo sabemos.

Ante la réplica de Holmes, el farero cambió los rasgos de su cara, que pasaron de mostrar cierta arrogancia a preocupación. Muy probablemente, por este desasosiego que de improviso le había entrado, quiso acabar con la conversación con nosotros cuanto antes mejor.

—Ha dicho que iba a hacerme dos preguntas —dijo—, hágame la segunda y márchense de una vez de aquí, donde no hacen más que estorbar.

Holmes se humedeció los labios antes de formular la siguiente cuestión.

—¿Cuándo llegó James Moriarty a este lugar? —Todos nos quedamos sorprendidos por la pregunta, no tan solo el torrero.

—No conozco a ningún James Moriarty ni sé de lo que me está hablando —nuestro interlocutor se mostró muy inseguro al dar su respuesta—. Así que como ya ha concluido su tiempo de detective curioso, vuelvan por donde han venido y no vuelvan, ya saben que no son bien recibidos aquí.

Le hicimos caso y volvimos a embarcar con rumbo a la isla.

—No sé muy bien qué ha ocurrido ahí dentro —dije al pisar tierra de nuevo.

—Para entenderlo, solo tiene que recordar cómo conseguimos atrapar al Asesino del Torso y los medios que nos ayudaron para conseguirlo[8].

---

[8] Ver MUÑOZ FAJARDO, Ricardo: *Luz de gas a orillas del Támesis*. Madrid: Libros Mablaz, 2021, aunque estas circunstancias vendrán explicadas más adelante como trama de este libro.

Berthe Morisot: *West Cowes, Isla de Wight* (1875)

Ilustración: Sidney Paget

Ilustración: Sidney Paget

9. El muñeco de cera

Holmes no quiso decirme más de lo que había descubierto en el faro de la isla de Wright, alegando que no se aventuraría, como jamás había hecho antes, a formular una hipótesis sobre un caso que no tuviera consolidada con pruebas fehacientes.

—Además, Watson, los ojos están para observar, no únicamente como soporte de las pestañas —el detective usó el sarcasmo conmigo—. Usted vio lo mismo que yo en el faro de la isla, y son instrumentos que no es la primera vez que ha tenido la oportunidad de hacerlo. Haga memoria y seguro que usted, que no es ningún estúpido, llegará a parecidas sospechas que albergo yo.

De vuelta ya en Londres, permanecimos unos días expectantes en espera de la reacción del clan de Moriarty, si iba definitivamente a por nosotros para matarnos o dejaba las cosas por el momento en calma hasta que encontrara una mejor oportunidad de deshacerse de nosotros.

No sé cómo hubiese ido la cosa si no hubiese ocurrido lo que aconteció a continuación. Sebastian Moran era muy aficionado a jugar a las cartas, y hacía gala de su destreza con los naipes en los clubes de lo que era socio.

Una vez, en uno de ellos, uno de sus contrincantes se dio cuenta de que hacía trampas. El caballero se llamaba Ronald Adair, se propuso denunciarlo, entro en riña con él y el antiguo coronel asesinó a este haciendo uso de un rifle de aire con silenciador que disparaba balas de revólver.

Scotland Yard recurrió a los servicios de Holmes y yo mismo para detener al homicida que, después de todo, era la cabeza visible de la organización criminal que capitaneaba Moriarty.

De las investigaciones previas que habíamos hecho sobre su persona supimos que su domicilio estaba en Conduit Street, por lo que la casa, aunque se mantuvo a salvo de un registro por indicación expresa de mi compañero, lo cierto es que fue copada por una vigilancia que hubo de ser discreta por parte de la policía, que no debió serlo tanto porque Moran descubrió que su morada había dejado de ser un lugar seguro para él y decidió esconderse, por lo que fue imposible localizarlo durante un largo tiempo, de tal forma que se mantuvo en la sombra siendo un enemigo público para la seguridad de cualquier buen londinense.

Entonces, Holmes trazó un plan en el que involucró a Lestrade y una buena partida de sus hombres, que para la ocasión debían vestir de paisano y no con el uniforme de los policías destacados en la ciudad.

El detective recurrió de los servicios de un modelista francés del que solo conocí su apellido, Tabernier, que compuso una efigie de cera de un gran parecido con los rasgos y fisonomía de mi compañero.

Holmes, entonces, situó el muñeco a la vista de uno de los ventanales del 221B de Baker Street, a sabiendas de que fue coronel de nuestro ejército pretendería matarlo, porque una vez puesto en busca y captura, ya no había que andarse con disimulos y él era el principal objetivo de la red Moriarty.

En los alrededores de su domicilio se habían apostado los policías de paisano que Lestrade había dispuesto para la ocasión, en las inmediaciones de las casas desde donde Moran podría tener un tiro franco contra él.

Moran no era ningún estúpido, pero tantos años de fechorías y la sapiencia de que Moriarty estaba de su lado y que este parecería inaccesible a nuestras pesquisas, suponiendo que nunca podríamos llegarle a implicar como cabeza pensante de toda la trama criminal que tenía bajo su puño al menos a la mitad de Londres, le hizo confiarse o creerse que a él le ocurriría lo mismo que a su jefe, que nunca podría llegar a ser detenido.

De esta forma, alquiló un piso en la misma Baker Street, enfrente del número 221B y permaneció vigilante a la espera de tener la ocasión propia para disparar contra Holmes.

Este mismo movió el cortinaje que dejaba visible la sala principal de la casa a la calle, no sin antes haber colocado el muñeco de cera que imitaba su figura sentado en una silla frente al escritorio que solía utilizar para trabajar.

Moran, desde el frente a la casa, vio el blanco fácil que le proporcionaba la visión del supuesto Holmes enfrascado en su quehacer en un supuesto caso que habría de estar investigando, que incluso podría tratarse del suyo propio.

Apuntó con su fusil hacia aquel hombre que tanto odiaba, tuvo una visión clara de su cabeza y disparó, sin tan siquiera tomar la precaución de usar silenciador, pues se sentía inmune a todo peligro, y disparó.

La bala atravesó la cabeza del doble de cera de Holmes, que se deshizo en mil pedazos al recibir el impacto de la bala.

Entonces llegó el momento de Holmes, Lestrade, los policías apostados en el lugar y de yo mismo, que supimos sin dificultad la procedencia del disparo y entramos en tropel en el edificio desde donde había partido.

Moran se dio cuenta entonces de la trampa en que había caído, se sintió acorralado y se pertrechó en la casa para ofrecer toda la resistencia posible.

Así lo hizo hasta que se quedó sin balas y tras darse cuenta de que ninguno de sus tiros había hecho blanco, por lo que decidió rendirse.

Sebastian Moran había sido detenido, muy posiblemente convencido de que Moriarty sería capaz de sacarle de la mazmorra en donde se iría recluido.

No fue así, Moran estuvo preso hasta que le llegó la muerte, ocurrida unos años después de su apresamiento, porque lo que sí consiguió Moriarty a través de sus influencias es que no fuera condenado a la horca, alegando como causa principal de su defensa que él, en realidad, había actuado en defensa propia, eximente que solo le sirvió a medias, porque fue condenado a una larga pena.

Desde ese mismo momento, supimos que Moriarty nos declararía una guerra directa y sin miramientos, que en realidad estaba latente ya, cuyo único objetivo sería matarnos a Holmes y a mí y, muy posiblemente, también a Mary.

Sidney Paget Detención del coronel Moran

Sidney Paget: El inspector Lestrade deteniendo a un sospechoso

Mary Watson

Adam Worth

10. Adam Worth

Adam Worth era el hampón que rivalizaba con Moriarty por el control del crimen en Londres.

Como ya he referido antes, la gran diferencia entre el uno y el otro era que el primero pretendía ser un forajido de guante blanco, que insistía ante sus compinches que no debían usar la violencia. Por el contrario, Moriarty no se andaba con remilgos, la muerte de un rival formaba parte de su rutina de cómo hacer las cosas para obtener el mayor beneficio posible para él y los suyos. En realidad, ambos eran unos criminales, sin ningún tipo de circunstancia atenuante.

Worth no era británico, sino estadounidense de origen alemán, judío, y su carrera delictiva empezó en el país del que había adoptado la nacionalidad, hasta que empezó a ser uno de los objetivos principales de la agencia de detectives Pinkerton y decidió trasladarse a Europa. Primero se marchó a Liverpool, donde continuó con su rutina criminal y, más tarde, a París, hasta donde fue seguido por Allan Pinkerton, el fundador de la agencia, al que Worth reconoció en un evento. El detective alertó a las autoridades francesas de la ralea de Worth, que empezó a sufrir continuas redadas en el garito que regentaba, donde se practicaba el juego, que era ilegal en Francia. Ante la perspectiva sombría que le mostraba el país galo, decidió trasladarse a Londres, donde adquirió una compañía para que hiciera de pantalla para sus actividades ilícitas y consiguió infiltrarse en los círculos más selectos de la alta sociedad de la ciudad.

Desde una posición anónima, puesto que en principio nadie supo que Worth había formado su propia red criminal, a pesar de que organizó grandes robos y asaltos a viviendas a través de terceros, cuyos artífices nunca supieron quién les mandaba.

Cuando Holmes insistió en ir a visitarle, yo me mostré muy alarmado, puesto que pretendía entenderse con uno de los napoleones del crimen de Londres. Ante mis protestas, mi compañero fue muy elocuente.

—El enemigo de mi enemigo es mi amigo —dijo—. El momento de que vayamos a por Adam Worth llegará, si es que antes no lo apresa Scotland Yard, que tiene en su punto de mira a este hombre desde hace tiempo. Worth ha dejado de ser anónimo desde hace un tiempo, un inspector del cuerpo, que parece mostrar más competencia que nuestros estimados Lestrade y Gregson, cuyo nombre es inspector John Shore, se ha tomado un empeño especial en desenmascarar a este criminal, y creo que va por el buen camino para hacerlo.

Adam Worth no puso ningún inconveniente en recibirnos, aunque esta vez fuimos a verle sin Mary, que no tuvo otro remedio que quedarse a recaudo de Mycroft, el hermano de Sherlock.

Nos citó en el apartamento que tenía alquilado en el barrio de Mayfair, una parte de la ciudad caro y prestigioso, desde donde se había aupado a las escalas más altas de la sociedad londinense.

Worth era un hombre de cuarenta y siete años, ni uno más ni uno menos, porque Holmes había verificado ese dato antes de ir a verle.

En principio, el ladrón y también estafador, creyó que nuestra visita estaba motivada por el cerco al que ya de forma descarada le estaba sometiendo Scotland Yard, y así nos lo hizo saber.

—Nada más lejos de nuestra intención es ponerle en un brete, señor Worth —le replico mi amigo con una naturalidad que llamó la atención del delincuente—. Más bien, si hemos venido a visitarle es para solicitarle su ayuda.

—¿Mi ayuda? No sé si podré darles lo que me piden, pero cuéntenme.

Holmes se tomó un instante, que tenía previsto ya de antemano, para explicarse ante Worth, para así hacer crecer el interés de nuestro interlocutor.

—Somos enemigos acérrimos de James Moriarty —dijo tan solo el detective.

—De Moriarty ni más ni menos. —Sonrió el hampón—. Un hombre que es el mayor canalla que pisa esta ciudad y que tiene amigos hasta en el infierno.

—Eso lo sabemos ya. Por suerte, Scotland Yard parece que va abriendo los ojos con respecto a la persona que es en realidad Moriarty y ya se le está empezando a investigar.

—Difícil lo tienen. El señor Moriarty tiene las espaldas bien cubiertas y parece improbable que sus amigotes de levita y pajarita se lleguen a creer que es uno de los cabecillas de una red criminal tan cruel.

—También usted era un personaje anónimo que estaba detrás de los robos más sonados de Inglaterra —

intervine yo en la conversación— y de las estafas más rimbombantes, hasta que por lo que parece ya lo han descubierto. Y ha de tener en cuenta que sus contactos en las altas esferas londinenses no son de menos importancia que las de Moriarty.

Worth esbozó una sonrisa sardónica.

—Tiene usted razón, doctor Watson —reconoció el truhan—. El inspector Shore es un buen inspector, que me ha cogido una manía especial, y está consiguiendo avances muy significativos para conseguir pruebas contra mí, que es lo único que les falta para arrestarme.

—No es ese su único problema, según he podido saber —le contradijo en parte Holmes—. No sé si usted, señor Worth, ha perdido facultades o ha confiado en exceso en su capacidad, pero lo cierto es que las dificultades para mantenerse fuera de toda sospecha arrecian sobre usted.

—¿Cómo sabe usted que estoy sufriendo inconvenientes imprevistos durante los últimos meses?

—El trabajo que ejerzo es el de detective consultor, señor Worth —recordó mi amigo—, mal cumpliría con las obligaciones de mi oficio si no me informara sobre quién voy a hablar sobre una cuestión tan delicada como la que pensamos plantearle.

—Antes de preguntarle por esto último, me gustaría comprobar por mí mismo lo que dice, para demostrarme que es un detective de verdad y no un hombre inflado por las líneas de periodistas sensacionalistas.

—Si usted sabe de qué se trata, y yo también, no veo necesario hablar sobre un tema que trasciende del asunto por el que hemos venido a verle.

—Usted dice que conoce cuáles son esos problemillas, que no son otra cosa que eso, pequeñas cuestiones sin importancia que les aseguro que no me quitan el sueño, porque el señor Shore nunca obtendrá esos indicios contra mí que persigue —replicó Worth corajudo—. Además, por la cara que ha puesto el doctor, estoy convencido de que no sabe de qué está hablando, por lo que si usted nos lo cuenta y es verdad lo que dice saber, también conocerá él esos pormenores a los que se referirá usted.

—Bien sabe usted que se trata de algo más de «problemillas» lo que se cierne sobre usted, que le paso a narrar ahora —repuso Holmes—. En primer lugar, está el traspiés de su hermano John, o tal vez fue suyo, porque fue usted quién le encomendó la tarea de ir a París a cobrar un cheque falso, fue descubierto e inmediatamente arrestado. Ha sido extraditado a nuestro país, y supongo que usted moverá sus influencias para que no esté mucho tiempo encerrado.

—Por eso le he dicho que sigo durmiendo muy bien por las noches. Mañana mismo, John abandonará la cárcel.

—El problema es que usted ha dejado de ser infalible, señor Worth, porque otro error empaña su prestigio.

—Soy todo oídos, señor Holmes.

—Cuatro de sus subordinados, tal vez debería llamarlos socios, fueron detenidos en Estambul, la capital de Turquía, por expedir letras de crédito falsas, y creo que le costará un dispendioso soborno conseguir que sus secuaces salgan libres de la cárcel otomana en donde están retenidos.

Adam Worth guardó un profundo silencio. Él era consciente de que era verdad que su carrera delictiva había entrado en crisis, más cuando Holmes le hizo notar un último caos surgido en su organización.

—Tampoco he de olvidarme las discrepancias que usted ha mantenido con sus principales compinches —recordó—, sobre todo a partir del robo del cuadro que efectuó usted en persona junto con un par de los suyos, el

Retrato de Georgiana Spencer, obra de Thomas Gainsborough, que nunca ha querido vender y que me han dicho que suele llevarse consigo en todos sus viajes. La apropiación de la pintura enojó a los dos cómplices que le asistieron en el hurto, que si no me equivoco se trataron de Junka Phillips y Little Joe.

—Me sorprende que conozca todos estos detalles, señor Holmes. Si usted me hubiese investigado desde que empecé a trabajar en Inglaterra, sería reo de su majestad desde hace mucho tiempo.

—Aún puedo proporcionarle algunos detalles más.

—¿Ah, sí?

—Phillips quiso traicionarle, e intentó hacerle hablar sobre el robo del cuadro con un policía de paisano sentado en la mesa más próxima a la suya.

—No lo consiguió, porque de tonto no tengo un pelo. Por supuesto, tras la felonía cometida, no volví a contar con Junka para ningún trabajo más.

—A Little Joe se lo ganó con dinero, pagándole un pasaje para Estados Unidos y poniéndole al frente de un atraco, aunque finalmente también le traicionó. Habló con detectives de la agencia Pinkerton y le implicó en el robo.

Los detectives informaron a Scotland Yard, que investigó el caso, sin poder llegar de nuevo a obtener pruebas de valor contra usted.

—Por lo que usted ha contado, no entiendo por qué recurren a mí, cuando soy un malhechor, lo dicen ustedes, o yo, en crisis.

—En crisis, pero aún no acabado —le recordó Holmes—. Usted sigue manteniendo su red criminal y se mantiene indemne, por lo que si consigue rehacerse de los últimos problemas que ha tenido, puede hacerse con la parte que le interese de los negocios en la sombra de Moriarty.

—¿Y qué quieren que haga por ustedes?

—Para empezar, que nos proporcione protección. Los hilos de Moriarty son muy largos, la muerte nos puede esperar en cualquier esquina, en el lugar más inesperado, sea en público o en privado. —Holmes se acomodó en la silla que ocupaba, que realmente era incómoda, aunque cara, lo mismo que la que ocupaba yo.

—En caso contrario —apunté yo para convencerle—, será Moriarty quien acabe haciéndose con su imperio.

Adam Worth se pensó qué tenía que decidir sobre nuestra propuesta durante un buen rato. Por fin, se decidió por ayudarnos.

—Está bien, cuenten con mi ayuda —dijo—. Pero han de tener en cuenta una cosa de mis actividades que no pienso incumplir. Jamás he utilizado la violencia.

—¿Ni tan siquiera en legítima defensa? —pregunté yo.

Otra vez se quedó Worth pensativo otro buen rato. Finalmente se puso a asentir con la cabeza varias veces para darnos la razón.

—Tienen razón, si somos atacados habremos de defendernos.

—También deberán actuar sus hombres si nosotros nos encontramos en peligro.

—Por supuesto —confirmó el hampón—. Pero antes de tener mi sí definitivo, les he de poner una condición.

—Le escuchamos.

—No me investigarán ustedes durante los siguientes años. No quiero que mis propósitos se vean entorpecidos por el mejor detective de Londres y su ayudante.

—Acepto, siempre que usted acepte otra cuestión que me parece imprescindible para nuestra mutua colaboración.

—Usted dirá.

—La investigación que Scotland Yard tiene puesta en marcha contra usted, bajo ningún concepto se verá entorpecida por acción u omisión por nuestra parte. No le investigaremos nosotros, pero la policía seguirá su camino sin que nosotros pongamos barreras a su desarrollo.

—Me parece lógico. Lo que les pido es que ustedes no me investiguen durante, digamos, cinco años.

—Yo le garantizo dos sin hacerlo. Y es una oferta que no admite regateos.

Otra pausa reflexiva de Worth.

—¿Cuándo quieren que empiecen con nuestra simbiótica colaboración?

—De inmediato.

—Muy bien, díganme sus domicilios y déjenme hacer unas llamadas, porque para eso se ha inventado el teléfono, y la protección de sus personas empezará prácticamente desde ahora mismo.

Thomas Gainsborough: *Retrato de Georgiana Spencer* (1785- 1787).

11. El recuerdo de lo que no se debería haber olvidado

La guerra contra nosotros dos no tardó en activarse. Un par de días después de nuestra entrevista con Adam Worth, un grupo de pistoleros que no cabía duda de que pertenecían a su organización, nos atacaron cuando ambos nos dirigíamos a 221B de Baker Street, nos abordaron con pistolas en ristre, que cometieron el error de no disparar de inmediato, muy probablemente porque los sicarios que nos tenían que matar quisieron ver nuestras faces al enfrentarnos a una muerte que ellos creían seguro.

Por esa pequeña demora, los guardianes que nos había asignado Worth tuvieron tiempo de reaccionar, y empezaron a gritarles que arrojaran las armas al suelo, lo que les hizo cambiar de su objetivo inmediato para enfrentarse a los que les amenazan con sua armas.

El tiroteo fue inmediato, momento que nosotros aprovechamos para entrar en el zaguán de la casa, parapetarnos e intervenir también en la refriega. Lo cierto que nuestros potenciales asesinos y los hombres de Worth no se anduvieron por las ramas, ambos bandos tiraban a matar, la vida de cada uno de los contendientes estaba en juego y ninguno de ellos estaba dispuesto a dejarla en aquella calle de Londres.

Nuestra intervención cogió a nuestros enemigos entre dos fuegos, y ya saben todos los que me conocen o han leído mi labor de francotirador con respecto a Moriarty es que yo gozaba de una excelente puntería y con mi pistola herí a dos de nuestros atacantes que, viéndose perdidos, emprendieron la huida a todo correr.

El resultado de aquella batalla dejó el cadáver de uno de los hombres de Moriarty, alcanzado en el cuello por un disparo, por lo que con toda seguridad no fui yo el causante de su muerte.

Como yo estaba seguro de haber acertado en la mayor parte de los tiros que había efectuado, me extrañó no ver allí postrado a uno o dos más de nuestros atacantes, así que indagué por los alrededores del lugar del enfrentamiento y pude ver con claridad el rastro de sangre que supe, con toda seguridad, que se trataba de uno de los heridos por mi arma.

Holmes se situó pronto a mi lado y observó aquel reguero rojo con ojos inquisitivos y no tardó en deducir lo mismo que yo, por lo que me dio la enhorabuena por mi comportamiento, que él definió como una mezcla de coraje y buen hacer.

—Se nota que usted ha estado sirviendo en el ejército, y que su cometido en él no se limitó a actuar de médico —dijo a continuación.

—En una guerra, Holmes, el enemigo no entiende de doctores, sino de hombres uniformados con las ropas de sus contrarios —repliqué—. Yo hube de aprender a defenderme, y por eso soy capaz de manejar con destreza un fusil que tiene que disparar a corta o larga distancia y con una pistola que ha de salvarte de un enemigo próximo a mi posición.

Holmes asintió varias veces con la cabeza.

—Ahora, subamos a mi piso, tengo que hablar con usted para ponerle al día de las cosas que he ido descubriendo de nuestro tenaz enemigo, el señor Moriarty —dijo él entonces—, porque el inspector Lestrade no tardará en venir a hacerse cargo de la situación y ya sabe que le prometí que le tendría al corriente con respecto a nuestras pesquisas con respecto a él y hay cosas que no puede oír, porque me tomaría como a un loco.

Di un último vistazo al lugar de la reyerta y me apresté a seguir a Holmes hacia su casa.

En el camino, no pude evitar emitir una conclusión que había puesto sobre el tapete la actitud de nuestros guardianes.

—Lo que me parece evidente, tras lo acontecido en este enfrentamiento, que el lema de Worth de que nunca hace uso de la violencia es una mentira descarada —exclamé.

—Eso es evidente, querido Watson —confirmó mi compañero—. Un hombre que organiza un clan de delincuentes hará uso de las armas cuando sea preciso. No se va a dejar atrapar en un robo frustrado si tiene la oportunidad de abrirse paso a tiros.

Una vez instalados en la casa de 221B de Baker Street, yo me acomodé en uno de los sillones que se situaba justo enfrente de la butaca preferida del detective, que se sentó en ella.

—Usted y yo hemos realizado varios viajes juntos, ¿no es cierto?

—Sí, lo es.

—¿Recuerda qué lugares hemos visitado juntos?

—Si la memoria no me falla, que todo puede ser, hemos estado, además de en diversos lugares de Inglaterra, en Escocia, Francia, España, Bélgica, Países Bajos, Alemania y Rusia.

—Y en algunos países más, aunque esos no vienen ahora a cuanto —replicó Homes—. Me refiero a ese otro tipo de viajes.

—No sé si entiendo lo que quiere decirme.

—¿Ya no se acuerda del anacronópete, de L'Historioscope o de la máquina del tiempo que el escritor H. G. Wells describió en su relato *The cronic argonauts*? —preguntó Homes con inquietud.

—Sí, utilizamos las tres, siempre considerando que L'Historioscope no se puedo considerar, de forma estricta, de un artefacto de ese tipo, sino que solo permite visualizar el pasado a través de una pantalla.

—Si es así, ¿por qué no ha citado entre los viajes que ha hecho nuestras estancias en el pasado gracias a esas máquinas?

—¿Considera usted viajes a eso que hicimos al embarcarnos en esos artilugios del diablo para volver a años anteriores al nuestro?

—Tanto o más que los que usted ha citado.

—Perdone, Holmes, pero en esa visión de las cosas discrepamos.

Holmes se levantó, cogió el violín y tocó una corta melodía. Sin duda, se estaba desahogando para no decirme ningún impropio.

Cuando dejó el violín en el estante de donde lo había cogido, volvió a hablar.

—Lo que me está diciendo me da a entender que usted se tomó aquellos periplos como un trauma —dijo—, aunque le recuerdo que la posibilidad de viajar al pasado fue, en buena parte, lo que nos ayudó a atrapar al Asesino del Torso.

—Eso es lo único bueno que tuvieron.

—El miedo que usted tiene, que reconocerá que es del todo irracional, a sumergirse en los nuevos inventos que están inundando el mundo desde hace unos años para acá le volvió ciego también.

—¿Qué me está recriminando?

—Usted no ha sido nunca un hombre corto de miras

y está muy capacitado para la observación de pequeños detalles, que bien sabe usted que muchas veces me han ayudado a resolver los misterios para lo que fui contratado —el reproche pareció convertirse en un elogio, pero me di cuenta que aquella disertación no dejaba de ser lo primero—. El faro de la isla de Wright estaba repleto de útiles extraños, que nadie entendería, salvo que hubiese visto con anterioridad los instrumentos del anacronópete y de la máquina que el señor Wells describe en el relato que antes se ha mencionado, *The cronic argonauts*, que usted debía de conocer porque ha estado embarcado en esos dos artilugios, y le pasaron desapercibidos.

—¿Está queriendo decirme que el faro que visitamos en la isla es en sí una máquina del tiempo?

—Lo es, no guardo ninguna duda sobre ello —confirmó Holmes—, como también estoy seguro de que la linterna del faro es la cabina donde se materializan los viajeros del tiempo.

—¿Me está queriendo decir que Moriarty proviene de una época más avanzada en el tiempo que la nuestra? Porque ya sabemos que con las máquinas del tiempo que conocemos solo se puede viajar al pasado y únicamente permiten el retorno hasta el mismo momento en que fueron utilizadas para emprender el tránsito hacia años anteriores.

—Watson, no puedo asegurar aún que James Moriarty sea un hombre del futuro que se ha instalado em el nuestro unos años antes de 1891 —Holmes fue prudente, no quería afirmar hechos que las pruebas no demostraran—. Aunque he de reconocer que las tesis enunciadas en su Tratado de Álgebra y en su obra sobre el movimiento de los asteroides son muy avanzadas para el tiempo que estamos viviendo, tanto que menciona un planetoide que no existe, Bennu, porque pueden tratarse de un plagio de las obras de otros científicos que pronunciaron sus preceptos hace algunos años en el futuro.

—También nos habló de que está trabajando en una teoría revolucionaria que cambiará todo el mundo de la física como se ha entendido hasta ahora.

—Que puede ser otra copia del trabajo de otro. O no. Aunque me cuesta creer que un hombre como Moriarty, que fue definido por el rector de la universidad de Southampton como muy bueno pero no un genio de las matemáticas, sea capaz de tal cosa.

—O sea, que nos quedamos con la sospecha de que Moriarty no sea un hombre de este tiempo que no podemos demostrar.

—Además, tenemos que barajar otra posibilidad que puede resultar muy inquietante.

—Le escucho.

—Estamos a finales del siglo XIX y se han descubierto ya dos máquinas del tiempo y un artefacto que permiten viajar u observar el pasado —conjeturó Holmes—. ¿Quién nos dice que en el futuro no se invente uno de estos artificios que sea capaz de llevar a sus contemporáneos al futuro?

—Lo veo harto improbable —rebatí yo—. El pasado ya está escrito, ya ha transcurrido, mientras que el futuro está por construir.

Holmes se quedó sin argumentos durante un momento, nada habitual en él. Nunca llegó a decirme nada sobre por lo mí expuesto en último lugar, porque en ese momento llegó el inspector Lestrade, al que le contamos lo que había pasado en la calle, sin mencionarle nada de viajes en el tiempo, achacando el ataque que habíamos sufrido a Moriarty, que había actuado de esa forma, muy posiblemente, como una represalia contra Holmes y yo mismo por el arresto reciente de Sebastian Moran, su brazo derecho, al que ninguna de sus influencias había conseguido sacar de la cárcel hasta ese momento.

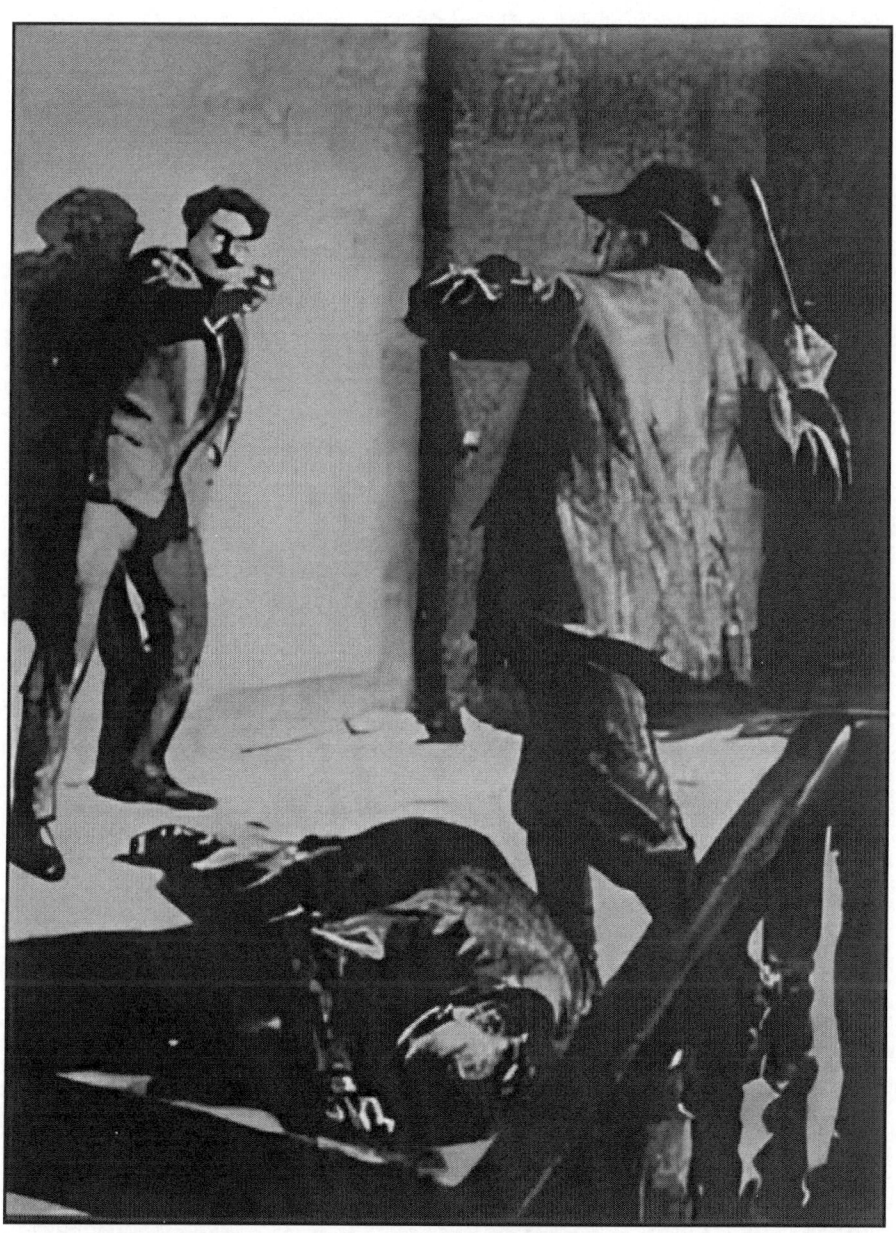

Ilustración: Frank Wiles

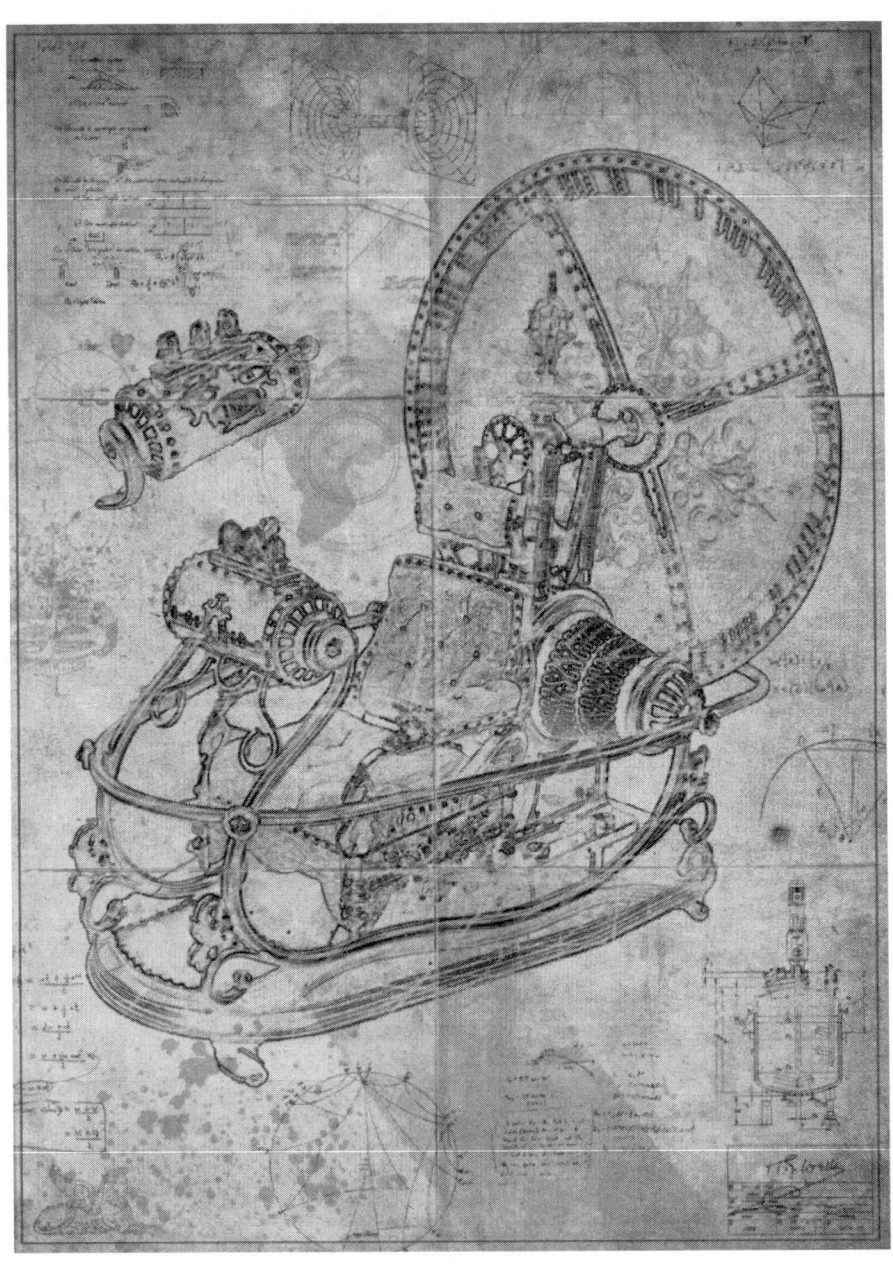

12. La conversación con Moriarty

Una tregua entre las hostilidades levantadas ya de forma abierta entre Moriarty y Holmes y yo mismo, se produjo cuando en el mes de agosto el gobierno de la nación ofreció una recepción para celebrar la puesta en marcha y funcionamiento operativo de la Central Eléctrica de Deptford, construida en la orilla sur del Támesis, la primera del mundo en el uso de corriente alterna de alto voltaje. El orgullo de un país que se había convertido en uno de los imperios más grandes de la historia derivó también de que aunque el proyecto correspondió a un ingeniero italiano, Sebastian de Ferranti, este no acabó de conseguir que la central eléctrica funcionara de una forma adecuada, con paradas prolongadas y continuas en el suministro y el desinterés de muchos posibles clientes que se sintieron defraudados por el aparente fracaso del plan de surtir electricidad a sus fábricas y casas, por lo que para evitar la quiebra de la compañía encargada de su explotación, hizo que Ferranti fuera despedido y sustituido por un británico, el ingeniero GW Partridge, que consiguió solucionar todos los problemas de estructura para que el suministro fuera continuo, de tal forma de que la electricidad se empezó a ver como el futuro de la energía no solo en el imperio, sino en todo el mundo.

Así se lo hice a saber a Holmes, que como siempre tenía respuestas para todo lo que le interesaba.

—Pero no ha de olvidar que el vapor ha sido imprescindible en la creación de esta ingente estructura —dijo—, porque la electricidad que proporciona la central a través de los dos generadores con los que cuenta, son inducidos por un par de máquinas de vapor de alternativas de ciento cincuenta caballos, que cuentan con veinticuatro calderas que utilizan el carbón que se trae desde Newcastle.

Siendo sincero, he de decir que solo entendí una parte de lo que Holmes me había explicado, y no pude por menos que volver a admirar la versatilidad de mi compañero, que siempre estaba al tanto de lo ocurría y se instruía sobre cualquier novedad que llegara a la vida cada vez más modernizada que nos rodeada.

Lo cierto es que Holmes fue invitado a la recepción, con la potestad de llevar consigo a un acompañante, que como no tenía dama con la que emparejarse para la ocasión, recurrió a mí, que no he de negar que me sentí muy alagado de acudir a un evento en donde iba a poder codearme con personajes tan importantes como los que estaban previstos que acudieran al mismo.

El problema fue que entre los asistentes estaba James Moriarty, que a pesar de que las sospechas sobre ser el adalid de importantes fechorías cometidas por una organización criminal que presidía, contaba aún con apoyos ilustres que no duraron en cursarle una invitación para que acudiera a tan importante evento.

Los dos grandes enemigos no tardaron en localizarse el uno al otro, y aunque en principio guardaron las apariencias como para evitar un encuentro, entretenidos como estaban en saludar y departir con las autoridades y personalidades que compartían acontecimiento con nosotros, no tardaron en acercarse el uno al otro, con la clara intención de hablar entre ellos de sus rivalidades puestas ya en marcha sin disimulo alguno.

—Diría que es un placer verlo, señor Moriarty —empezó la conversación mi compañero—, pero no soy de natural mentiroso.

—Lo mismo le digo, señor Holmes —replicó el segundo napoleón del crimen, ¿o era el primero?—, aunque he de reconocer que una tregua como la que nos brinda este acto es en parte bienvenida por mi parte, porque no todos los días se puede intercambiar unas palabras con alguien tan inteligente como lo soy yo.

—Comparto esto segundo, señor Moriarty, pero no lo primero. Más que un placer, el hablar con usted yo lo veo una necesidad.

—¿Una necesidad? ¿De qué tipo?

—De hacerle saber a usted de quién se trata.

—Eso es fácil saberlo, señor Holmes. Soy James Moriarty, instructor militar y profesor de universidad y un prodigio de las matemáticas, que domina una buena parte de la economía oscura que se da en la ciudad de Londres.

—No. Usted es algo más que el antifaz que se pone ante los demás.

—La máscara a la que usted se refiere debe ser de

una perfección insuperable, porque aquí me tiene, invitado a un acto social por uno de los ministros que conforman el gabinete del imperio.

—Me alegro por usted, señor Moriarty —Holmes volvió a utilizar el sarcasmo—, aunque le recuerdo que para ser ministro no hace falta ser el más avezado de los hombres, y este seguro que estará ciego y sordo si no ha oído hablar de sus fechorías.

—Un ministro es un ministro, sea un zote o una persona capaz —adujo el profesor—. Lo cierto es que yo he sido invitado a esta recepción y estoy seguro de que usted y su inseparable doctor Watson habrán utilizado sus artimañas habituales para colarse en ella.

—No me decepcione, señor Moriarty, porque siempre he supuesto que me conocía hasta el punto de saber si tengo una muela picada o no y me está demostrando que no es así.

—¿Qué quiere decir?

—El señor Watson y yo hemos sido invitados al evento por el propio primer ministro, señor Moriarty —contestó mi amigo—, porque usted debería de saber que el primer ministro —redundó en el cargo para acentuarlo— y yo nos conocemos de antes, de cuando me pidió él en persona que resolviera el caso que la prensa llamó el de la Piedra de Mazarino, una de las joyas de la corona que fue robada, en que él supo sin duda que mi vida corrió un evidente peligro, que me sirvió de experiencia para utilizar el truco del muñeco de cera para conseguir atrapar a su mejor corresponsal en lo que a cumplir sus órdenes se refiere, el coronel Sebastian Moran.

Moriarty, por un brece instante, se encontró desconcertado, un estado en que antes y después de ese momento no le volví a ver más.

—¡Vaya, parece que sus influencias son, entonces, mayores que las mías! —no tardó el hampón de salir del ensalmo en que se encontraba.

—¿Tiene importancia eso, cuando lo que mantenemos usted y yo en este momento es una lucha personal en la que uno de los dos es muy probable que resulte muerto?

—Tiene usted razón como siempre, señor Holmes —confirmó Moriarty—. Ahora mismo estamos empatados, porque ha conseguido agenciarse con la ayuda de Adam

Worth, pero es una situación temporal, porque ese otro napoleón del crimen como le llamó aquel agente de Scotland Yard, está en horas bajas. Toda la policía sabe lo que es en realidad, un hampón que fue muy bueno en lo suyo que ahora se ha convertido en uno de poca monta. Por el contrario, yo aún no he sembrado más que unas pocas dudas sobre a lo que realmente me dedico, así que estoy seguro que le sobreviré y entonces dejará de contar escudos que le protejan.

—Tengo otros a mi disposición.

—¿No se referirá a su hermano Mycroft?

—En parte sí, porque por el puesto que ocupa le he pedido que ponga bajo vigilancia el faro que está en los *needles* de la isla de Wright.

—¿Tan importante le parece a usted ese sitio? —Moriarty se mostró nervioso en ese momento, y aunque supo disimularlo muy bien, supe que Holmes se había dado cuenta de ello.

—Evidentemente. Fue el transporte que desde el futuro le trajo a esta época, en la que un ser como usted está fuera de lugar.

—¿Está hablando de viajes en el tiempo?

—Otro error por su parte si cree que ha llegado a conocerme bien. El doctor Watson y yo ya hemos realizado algunos en el pasado, por lo que sabemos que se pueden dar.

—El faro una máquina del tiempo… una interesante teoría.

—¿Puede indicarme al menos de que año procede usted? Ya sabe que puede estar tranquilo con respecto a este dato, porque un viaje intertemporal se puede hacer desde el día que uno está viviendo en el futuro hacia atrás, y nunca hacia adelante. Yo nunca podré llegar al tiempo del que partió usted.

Moriarty se quedó pensativo durante un buen rato, decidiendo si contestaba a la pregunta de Holmes o no, hasta que por fin se decidió a hacerlo.

—Dos mil treinta y siete —dijo—, y le aseguro que desde allí llegará hasta aquí una sorpresa, que como ya ha dicho, ni usted ni nadie podrá evitar.

Y se marchó a conversar con otros invitados.

Robert Arthur Talbot Gascoyne-Cecil, III marqués de Salisbury, conocido como Salisbury, primer ministro de Gran Bretaña (1886-1892 y 1895-1902)

Sidney Paget: Mycroft Holmes

Sidney Paget: Holmes y Watson son recibidos por Mycroft

Ilustrador: William Henry Hyde

13. No puede haber tablas

La partida librada entre Holmes y Moriarty no podía quedar en tablas, tenía que haber un vencedor aunque hubiera que modificar las reglas del juego. Por eso, en ese momento, Sherlock decidió recurrir a su hermano Mycroft, un alto cargo del gobierno que nunca aparecía en los periódicos, tal vez el jefe de los espías de la corona, nunca lo supe a ciencia cierta, porque él siempre nombró su puesto como gestor interno de asuntos del estado.

Mycroft nos recibió en un despacho de las dependencias del Ministerio de Gobernación. En principio, apenas dijo palabra, escuchó todo lo que habíamos averiguado sobre Moriarty con paciencia, sin apenas componer un gesto ni cambiar de posición en su sillón.

Cuando acabamos de contarle lo que sabíamos, empleó su tono habitual, que no era hosco pero si de una suficiencia y creencia en sus aptitudes aún mayor que con las que solía desenvolverse su hermano.

—Todo lo que me has dicho, Sherlock, lo sé desde hace mucho tiempo —dijo—, solo esperaba a ver si tú solo serías capaz de llegar hasta este quid de la cuestión.

—Como ves, lo hemos conseguido.

—No sé cómo dices eso, cuando sabes que la parca, desde hace tiempo, tiene tendida su guadaña sobre ti, Watson e incluso su esposa. —Por fin dejó de ser una estatua y tomó otra postura en su sillón—. Me encomendaste la protección de Mary Watson sin llegarme a decirme, en verdad, las amenazas que se cernían sobre ella. A pesar de lo cual, accedí a tus deseos. ¿No podrías haberme dicho en ese momento que ibas detrás de ese malnacido de Moriarty?

—¿Tú sabes eso?

—¿El qué? ¿Qué Moriarty es el cabecilla de una red criminal capaz de recurrir a cualquier método para obtener todos sus propósitos? —Mycroft fue irónico—. Lo sabe todo el gobierno, hasta esos ministros que dicen que son amigos suyos y que no hacen otra cosa que representar un papel para tener bajo vigilancia a ese canalla.

—Ahora soy yo quién te hace la pregunta al revés, Mycroft —se quejó Sherlock—. Si sabes que Moriarty es un peligroso hampón, supongo que conocerías que yo le seguía los pasos, ¿por qué no me ayudaste por tu propia iniciativa a sabiendas que he recibido hasta cinco tentativas de asesinato. ¿Tan poco te importa un hermano?

—Sherlock, siempre te has creído el más listo de la familia, que de Sherrinford y yo mismo. —El hermano pequeño de la saga, mi amigo, había dicho más de una vez que Mycroft era el más inteligente de los tres hermanos, aunque yo sabía que eso no era cierto, a pesar de las indudables capacidades de Mycroft, mientras que de Sherrinford, con el que apenas tenía contacto, el mayor del trío, nunca se había expresado en ese sentido, aunque había comentado alguna vez que era un muy buen administrador de la hacienda de la familia—. No sé, tal vez lo seas, pero si realmente es que sí, no deberías tomar por tontos a los otros que de eso no tienen nada, incluido yo.

—¿Tan poco te importa un hermano? —repitió Sherlock la cuestión.

—Sí que me importas, Sherlock, pero de vez en cuando hay que dejar que tu hermano pequeño se las apañe por sí mismo, para que de una vez por todas sepa su lugar en la vida como adulto.

—¿Eso significa que no puedo contar contigo para vencer ante Moriarty?

—Puedes contar conmigo para lo que estoy haciendo, salvaguardar a la señora Watson —Mycroft fue tajante—, no para más, ni tan siquiera para vigilar ese faro de la isla de Wright que has tenido la locura de inventarte que es una máquina del tiempo por la que ha accedido Moriarty a nuestro tiempo, cuando lo más probable es que oculte sus orígenes porque se trate de un hijo de un inmigrante de origen judío. —Se levantó para despedirse de nosotros—. Hasta ahora, has preferido la ayuda de ese otro canalla que es Adam Werth, sigue apañándotelas con él.

El chasco que me llevé fue inmenso, por lo que no quise imaginarme cómo se sentiría mi amigo. Lo cierto es que Mycroft tenía razón, contábamos con la protección de la camarilla de Werth y habíamos pasado unos últimos días sin sobresaltos.

El problema fue cuando se produjo un nuevo traspiés de nuestro protector, que nos dejó en absoluto desamparo a Holmes y a mí.

Worth decidió viajar a Bélgica para visitar a Bullard, uno de sus más antiguos compinches suyos de los tiempos de París, que estaba encarcelado allí, y que últimamente había estado asociado con Max Shinburn, uno de sus contrincantes principales. Al llegar allí, se encontró con que Bullard había fallecido, pero una vez en el continente, dijo que bastaba de perder el tiempo y se alió con otros dos pillos para atracar un camión que transportaba dinero en la ciudad de Lieja. El robo se organizó de una forma muy chapucera y acabó en desastre, por lo que Worth fue detenido, mientras que sus dos cómplices lograron escapar.

Una vez en prisión, Worth se negó a mostrarse como quién realmente era y la policía belga tuvo que pedir antecedentes suyos fuera de su país. Desde Nueva York como desde Londres lo identificaron y así se lo hicieron saber a sus colegas. Mientras tanto, Max Shinburn, que había sido capturado al mismo tiempo que Bullard, que seguía vivo y reo en una prisión del país y que quería proporcionarle el mayor daño posible a Worth, contó todo lo que sabía de malo sobre él[9].

Nuestro protector había perdido el tren de hacerse con el control de todos los negocios sucios de Londres, permanecería encarcelado durante mucho tiempo y dejó el

---

[9] En realidad, estos sucesos se dieron un año después, en 1892, pero por cuestiones de la trama de esta novela, los hemos trasladado al momento en que sucede esta historia.

camino expedito para que Moriarty obtuviera ese mismo propósito.

También significaba que Holmes y yo nos quedábamos sin protección ante un ataque del clan de Moriarty, un hecho que no tardó en ocurrir, producido por los hombres que hasta el día anterior nos habían salvaguardado, que cambiaron inmediatamente de bando cuando supieron de la desdicha de su jefe y que se quedaban sin nadie que los gobernara, por lo que decidieron entrar al servicio de Moriarty en el momento en que este se lo propuso.

El atentando que sufrimos fue a por todas, a matarnos sin ningún remilgo, por lo que Holmes y yo tuvimos que defendernos con todas nuestras fuerzas.

Por fortuna, nuestros atacantes no hicieron uso de sus armas de fuego, muy probablemente para no alertar con el ruido de los posibles disparos a la policía, que en el caso de no haber sido eficaces desde el mismo momento de producirse, les hubiese supuesto no llevar a cabo su cometido.

Holmes era un magnífico luchador, muy buen boxeador, arte en la que yo tampoco era manco, pues destaqué en ella durante mi tiempo de estudio en la universidad y mi estancia en el ejército, y conocedor suficiente del *baritsu* o *bartitsu*, de las dos formas se le nombraba, el arte marcial y sistema de defensa personal desarrollado por mis mismos compatriotas desde hacía muy pocos años.

El resultado de la pelea con aquellos matones, que eran cuatro, fue el que tenía que ser, puesto que dos expertos en ese tipo de lances como éramos Holmes y yo acabaron venciendo a la experiencia que seguro que nuestros agresores tenían en peleas callejeras y entre gentes de su ralea.

Los dos acabamos exhaustos. Cuando la policía llegó a donde estábamos nosotros, con nuestros atacantes yacentes en el suelo o huidos, se encontraron con una estampa de nosotros consistente en la visión de dos hombres sentados en el empedrado de un callejón con la espalda apoyada en una pared descascarillada, con las cabezas ligeramente inclinadas hacia un lado y con visibles magulladuras.

Nos habíamos librado de aquella situación peligrosa, pero no sabría decir por cuánto tiempo podríamos mantenernos con vida si todo el hampa de Londres nos había tomado como objetivos y los atentados contra nosotros se convertirían en constantes, de los que no podíamos esperar que se trataran siempre a cuchillo y puñetazos, porque en 1891 era mucho más fácil matar a alguien con un arma de fuego, sin tan siquiera ver al enemigo que había disparado contra uno.

ICTÍNEO VISTO DE FRENTE.

Ictíneo I

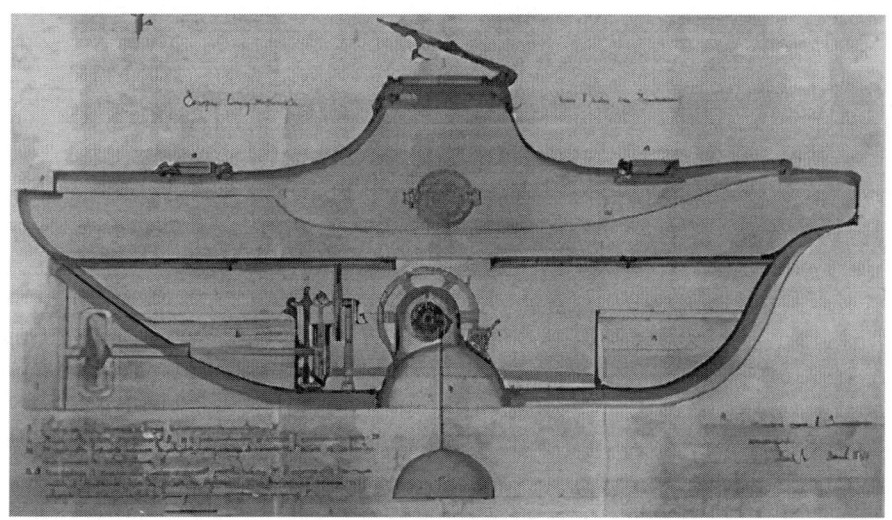

Garcibuzo

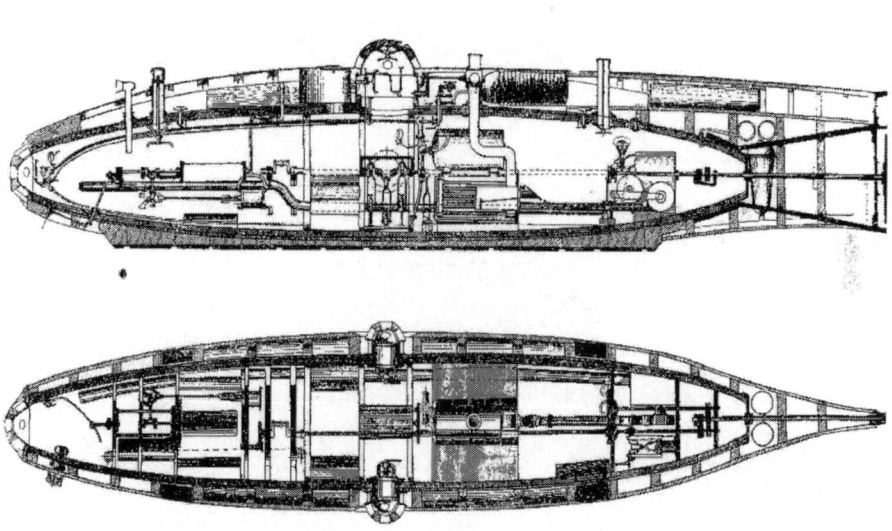

Ictineo II

14. . El Ictíneo

—James Moriarty ha emprendido viaje hacia el sur esta misma mañana —dijo Mycroft a dos hombres magullados, Sherlock y yo.

—Moriarty tiene un plan, basado en la relación que podría mantener él con el futuro, en concreto con el año dos mil treinta y siete o con algún otro intermedio —recitó mi amigo con una seguridad incontestable—. Si se dirige hacia el sur, va con toda seguridad a la isla de Wright y, más concretamente al faro de The Needles. Lo que pretenda hacer, lo está empezando a realizar ya.

—Lo sé —confirmó Mycroft—. En realidad, como ya te dije en nuestra anterior conversación, sé, sabemos, del talante malvado de Moriarty desde hace mucho tiempo, desde aquella conferencia a la que acudiste y le cogiste en el primer renuncio en público cuando le mencionaste que citaba un asteroide que no existe.

—Sí existe, Mycroft —corrigió a su hermano—, lo

que pasa es que aún no se ha descubierto, lo será en el futuro.

—Insistes en esa teoría, Sherlock, que me parece una verdadera locura por tu parte, que te tengo como una de las personas más racionales del mundo.

—Si se mantiene en esa teoría —hablé yo ahora—, es porque los viajes en el tiempo existen, señor Holmes.

—¿Usted también hablándome de absurdos, señor Watson? —preguntó lastimero Mycroft—. No me lo puedo creer, a usted también le consideraba una persona seria.

—Intento serlo, señor Holmes. Pero si le digo que los viajes intertemporales existen es porque su hermano y yo ya hemos tenido la oportunidad de embarcarnos en varios de ellos.

Mycroft guardó silencio, Yo le miré fijamente. El gesto de su cara aparentaba sorpresa, pero me di cuenta enseguida que era un guiño fingido hacia nosotros, porque estaba al tanto del uso que habíamos hecho uso en el pasado de L'historioscope, la máquina del tiempo pergeñada por el escritor H. G. Wells en *The Chronic Argonauts* y el anacronópete.

—Si es así como tú y usted dice que ocurrió, habré de creérmelo. —La rápida convicción de Mycroft me confirmó en lo que había supuesto de que él estaba al tanto de nuestras andanzas con respecto a las máquinas mencionadas—. Ahora, si te place, porque hasta ahora parece que no ha sido así desde que te sumergiste en el caso Moriarty, dime qué planes crees que tiene con respecto a la supuesta máquina del tiempo que es el faro.

Contesté yo por Sherlock.

—Usted, por el puesto que desempeña, sabrá que la tecnología no trota, sino cabalga a toda velocidad durante los últimos años. El problema es que no toda ella se utiliza para el avance de la Humanidad como ente que debe dejar de ser un mono vestido, sino para la creación de nuevas armas, cada vez más terribles y con mayor capacidad destructiva y, por tanto, mortífera. —Hice un descanso para aclararme la voz, que amenazaba con la carraspera—. ¿Se imagina cómo será entonces el armamento del año dos mil treinta y siete? Si Moriarty consigue formar un ejército o, en su caso, exportar las armas que no tendrán parangón en ninguno de los países de este tiempo, ese canalla no se hará únicamente con el control de Londres, ni del imperio británico, sino de todo el mundo.

—Él se dirige ya hacia el faro —casi gritó el pequeño de los Holmes—, tendríamos que llegar a él antes y volarlo con una buena carga de explosivos.

—Moriarty viaja hasta allí por medios convencionales —avisó Mycroft.

—¿No puedes destinar un buque para que se encargue de esa maldita máquina del tiempo?

—Lo voy a intentar, pero no sé si llegará a tiempo. El imperio que tenemos que custodiar es inmenso, no sé si habrá un barco lo suficiente cerca para anticiparse a él.

—Eso me suena a chiste, Mycroft.

—Pero tengo un medio que tal vez pueda llevarlos a ambos hasta allí por el mismo medio que uno de nuestros barcos, y además os puede servir para haceros invisibles ante los posibles hombres que tenga apostados por allí Moriarty.

—Lo que quiere decir, Mycroft, que no vas a implicar al gobierno en un propósito trascendental como en el que estamos inmersos.

—¿Tú crees que si voy al ministro con el que me correspondería hablar diciéndole que el imperio está en peligro por la existencia de una máquina del tiempo no me tomará por loco? —Mycroft se defendió a su manera—. Y suponiendo que el ministro me creyera, ¿lo haría el primer ministro cuando le vayamos con el cuento?

Lo cierto es que a Holmes y a mí se nos dejaba la responsabilidad de desbaratar los planes del malvado Moriarty, sean cuales fueran estos.

El medio que nos proporcionó Mycroft para alcanzar el faro era un artilugio que jamás había visto antes en mi vida. Era un aparato que era como un supositorio, no se me ocurre otra similitud con la que comparar aquello, que flotaba sobre las aguas tranquilas del río Támesis sin apenas balancearse.

—¿Qué es esto? —pregunté preocupado.

—Un submarino —contestó mi amigo.

—¿Submarino? ¿Qué significa eso? ¡No me digan que ese trasto es capaz de circular por debajo del agua!

—Así es, en efecto —contestó Sherlock en lugar de su hermano mayor.

Este les empezó a meter prisa, debían de partir ya sin falta si querían llegar al faro de la isla de Wright antes de que lo hiciera Moriarty.

—Antes me tendrás que decir cómo se maneja el submarino —reclamó Sherlock.

—¿Sabes conducir un coche?

—Por supuesto.

—Pues te manejarás a la perfección para tripular el sumergible. Lo único que tienes que asimilar es el manejo de los mandos que te permitirán navegar en superficie o debajo del agua, que estoy seguro que no tardarás en asimilar.

Y nos embarcamos en el submarino, que a pesar del pequeño espacio que disponía para los tripulantes, no me hizo sentir ninguna sensación de agobio.

Antes de que me quisiera dar cuenta, estábamos en marcha. El barco se meció tranquilo el tramo que navegamos en el río, se empezó a mecer con brío cuando llegamos al mar.

—No sabía yo que nuestra Armada dispusiera de máquinas como esta —comenté a mi compañero para deshacerme del agobio que me estaba produciendo viajar en un medio de transporte que me parecía del todo inseguro.

—En realidad, no ha fabricado aún ninguno, salvo que se haya hecho en el más absoluto secreto.

—Entonces, ¿por qué estamos viajando en uno?

—¿Se ha fijado en el nombre del barco?

—Para eso no estaba precisamente al ver el submarino varado en el puerto, como si fuera un monstruo vikingo esperando a devorarnos.

—Ictíneo II, un nombre que se lo puso un español, porque fue un español quién lo construyó.

—¿Un español? ¿No es ese un país que se ha quedado anclado en un pasado glorioso?

—Ese es su problema, querido Watson, que España es una nación con muchísimas posibilidades que desde hace mucho tiempo cuenta con gobernantes muy incompetentes, más preocupados en el enriquecimiento de los privilegiados de siempre y muy influenciado por la religión, que en ese caso es la católica, que quiere mandar más que los reyes y sus gobiernos —discurseó Holmes, que aún tenía mucho por decir—. Acuérdese que en la investigación sobre el

Asesino del Torso acudimos a la primera escena del crimen montamos en un girocóptero fabricado por uno de ellos. En realidad, la historia de los submarinos está estrechamente vinculada a inventores españoles. En 1859, un genio llamado Narciso Monturiol, construyó el primer submarino, el Ictineo I, movido por propulsión humana, cuyo objetico era facilitar la recolección del coral por parte de los que se dedicaban a ese oficio en la zona de un cabo de su geografía, el de Creus.

»El éxito parcial de su invento, puesto que solo alcanzó la mitad de la profundidad prevista en un principio, hizo que Monturiol construyera un segundo modelo del submarino, que llamó igual que el anterior, con el II al final del nombre como continuación del I del de 1859. Este sumergible, que es en el que estamos navegando en este momento, tiene agregadas unas mejoras considerables con respecto a su predecesor. Fue botado en el año 1864, cuenta con un motor anaeróbico a vapor y la renovación del aire está garantizada con el añadido de un contenedor hermético.

—Parece que, por el momento, este aparato funciona, me cuesta entender el porqué el gobierno español no lo fabricó en masa, le hubiese proporcionado una posición estratégica contra posibles enemigos que le pudieran surgir.

—Por lo que le he dicho antes, Watson. España tuvo una reina, Isabel II, que fue derrocada porque fue nefasta para la gobernación y modernización del país —respondió Holmes—. Esta monarca no se preocupó de otra cosa que atender a sus caprichos y a situar presidentes y ministros a su antojo, basándose sobre todo en simpatías o antipatías personales, sin importarte la competencia de los unos y los otros. Según el criterio de un gobierno así, ¿para qué le iba a servir a España un arma nueva que ningún otro país había conseguido desarrollar hasta el momento? Para nada, según el criterio de tantos mediocres.

—¡Qué pena! ¡Un país que tuvo un imperio en donde nunca se ponía el Sol!

—Pero sobre el tema de los submarinos inventados por españoles hay más cosas que contar.

—Le escucho.

—Un año después de la prueba del primer Ictineo del señor Monturiol, otro inventor del país, llamado Cosme

García, patentó otro sumergible de su creación, al que llamó Garcibuzo, que realizó las pruebas a la que fue sometido de forma satisfactoria según el criterio de los gobernantes españoles destinados a comprobarlo. El barco tenía capacidad para dos personas y podía permanecer sumergido durante un tiempo levemente inferior a una hora. A pesar de todos los informes favorables, los mandatarios españoles decidieron descartar la fabricación de más aparatos como ese. ¿Las razones? Las mismas que se arguyeron con respecto a los ictíneos, ninguna de valor.

—¿Cuál fue el fin de aquel submarino?

—El señor García fabricó, en realidad, tres modelos. El primero, como se puede imaginar, fue un prototipo de unos tres metros, utilizando la medida que utiliza la mayor parte del mundo menos los británicos, que vienen a ser casi diez pies —continuó el detective con su lección de historia, que dominaba sobre todo en lo referente a avances tecnológicos, porque de otras ciencias entendía la justo. Podía entender un libro matemático complicado y yo mismo, en persona, le tuve que explicar en su momento, la teoría de Copérnico y la disposición del sistema solar, de ahí que se instruyera a partir de ese momento en el tema hasta convertirse en un experto, porque le dije que un hombre de su oficio, por muy inteligente que fuera, no podía ignorar que la Tierra y todos los planetas de nuestro sistema giran alrededor del Sol, y que los satélites realizan su órbita en torno a quién estos acogen—. El segundo sumergible que el señor García construyó doblaba el tamaño del primero, el casco estaba hecho de hierro y solo contaba con el inconveniente era que su impulso se realizaba por tracción humana, puesto que estos tenían que hacer girar una hélice instalada en el ingenio.

»Le he dicho antes que el submarino se llamaba Garcibuzo, que en realidad fue el nombre que los que conocían el barco popularizaron, pero en realidad en la patente española lo denominó como Aparato-Buzo, mientras que en la francesa, donde también lo inscribió porque supuso que los galos le iban a hacer más caso que sus propios paisanos, lo llamó Bateau Plongeur, que en nuestro idioma tiene una traducción parecida al nombre hispano, «Barco Buzo», atribuyendo a su aparato la capacidad de utilizarse para el combate añadiendo a su diseño un cañón de retrocarga que dispararía por hendiduras realizadas exprofeso a proa y popa.

»El sumergible del señor García adquirió tanta popularidad entre el público, que volvió a construirlo, esta vez con cobre para su revestimiento, que fue trasladado a Madrid para que la susodicha mala reina, Isabel II, pudiera verlo. Una vez en palacio, la soberana no pudo por menos que mostrar su admiración por el submarino que le era presentado, aunque comunicó a su inventor que el gobierno no podría financiar la construcción en serie del ingenio por los gastos que estaban suponiendo a las arcas del estallido de la llama Guerra de África, que en ese momento libraban España y Marruecos.

—Supongo que si no hubiese tenido la excusa de la guerra en marcha en ese momento —apunté entonces—, la reina se hubiese inventado otra.

—Estoy seguro de ello —prosiguió Holmes—. Ante las nulas perspectivas de sacar adelante su proyecto en España, el inventor se trasladó entonces a París, un país que siempre ha mantenido el ansia de ser un abanderado de la vanguardia sin quedar nunca postrado en una posible decadencia, y presentó el submarino a las autoridades competentes. Dicen que hasta el propio Napoleón III, emperador galo en ese momento, acudió personalmente a verlo, acompañado por un buen número de ingenieros. Les debió satisfacer el barco, porque el gobierno francés invitó a Cosme

García a trasladarse a una ciudad portuaria del país con astilleros capaces de fabricar el aparato, a lo que el español se negó.

»Ante el fracaso de hacer su proyecto una realidad, el señor García dejo anclado en el olvido el submarino en el puerto español de Alicante, situado en el este del país, hasta que las autoridades del mismo le informaron de que aquel extraño artilugio perturbaba el tráfico marítimo, por lo que el hijo de Garcia, de nombre Enrique, se trasladó hasta donde estaba y lo hundió. Supongo que aún estará allí, viviendo el deterioro del tiempo y la climatología cebándose contra él.

Me quedé largo tiempo pensativo, suponiendo que si nuestros gobiernos hubiesen actuado con la misma dejadez e incompetencia que los españoles desde que su imperio entró en decadencia, y no me costó imaginar que Inglaterra no sería muy diferente a lo que ahora es España, un país atrasado que lleva siglos sin levantar cabeza, que ya no se podía considerar ni una potencia de segunda categoría, porque estaba seguro de que se encontraba bastante más atrás de ese puesto.

Lo cierto es que llegamos a la isla de Wright pasadas muy pocas horas, siempre navegando en superficie. Si nos queríamos acercar al faro sin ser vistos, deberíamos practicar la inmersión, que después de todo era para lo que estaba previsto un submarino, y emerger a la superficie muy cerca del lugar en el que deberíamos desembarcar, evitando siempre los escollos rocosos de The Needles.

Por eso, antes de iniciar la maniobra, en la que evidentemente Holmes era un novato puesto que nunca antes la había realizado, decidió subir a cubierta, desde con un catalejo que Mycroft, siempre previsor con lo que se habrían de encontrar los hombres a los que mandaba realizar un cometido, nos había dejado entre varios objetos más guardados en una especie de petate o saco.

Al bajar de nuevo al interior del barco, le pregunté enseguida si había visto algo sospechoso.

—Está anocheciendo ya, Watson. Si Moriarty y los suyos están ya por aquí, no los he visto, pero eso no significa que anden lejos —respondió Holmes.

—¿Qué debemos hacer entonces?

—Acercarnos hasta el faro e intentar desembarcar antes de Moriarty, que es probable que espere hasta que amanezca mañana, que será el momento en que quiera llevar a cabo sus planes.

Sabía que había acompañado al detective para hacer exactamente lo que él estaba proponiendo, la inminencia de la parte más arriesgada de nuestra tarea me puso más nervioso aún de lo que estaba, pero no estaba dispuesto a renunciar al cometido que con mi presencia allí debería emprender.

ICTÍNEO MONTURIOL

15. La lucha que no fue en una catarata

Holmes consiguió sumergir el barco y sacarlo a la superficie sin que chocáramos con ninguno de las puntas de The Needles. Como no era un experto en el manejo del Ictineo II, más bien al contrario ya que se trataba de la primera vez que lo gobernaba, tuvimos el problema de que lo dejó apartado de las escaleras que subían al faro por el lado del mar a unos dieciséis pies[10], por lo que acceder a él pareció un imposible hasta que mi compañero se puso de nuevo a los mandos del mismo y lo acercó a una distancia que se podía salvar de un salto.

Los dos subimos a cubierta, por llamar de alguna forma la superficie donde se podía mantenerse en pie en ese objeto ovalado que era el submarino, y sin pensárselo dos veces, Holmes dio el brinco necesario que lo llevó a tierra. Con él se había llevado las amarras del sumergible, que ató a uno de los postes de hierro que servían precisamente para lo que el detective lo estaba utilizando.

—Venga conmigo, Watson —me pidió casi como

---

[10] Unos cinco metros.

una orden una vez hubo asegurado el barco—, el farero gruñón andará por aquí y necesito que lo vigile una vez que yo le haya dejado sin sentido.

Hay cuestiones que me pide Holmes que me planteo su utilidad práctica, esta vez no fue así, a pesar de que no tenía ningún sentido para mí que estuviéramos abordando el faro ya anochecido salvo que mi compañero pensara volarlo ahora, una cuestión del todo improbable porque no había cogido si un solo cartucho de dinamita para hacerlo.

Así que salté, resbalé, y solo un agarrón fuerte del detective impidió que cayera al agua.

Entramos en el faro con el mayor sigilo posible, aunque tanto Holmes como yo sabríamos que no sería el suficiente como para no alertar al torrero, que no tardó en aparecer armado con una especie de hacha que más parecía el instrumental de un matarife o un carnicero.

Holmes esquivó con facilidad el ataque del farero, que dio al aire y se trastabilló, y cuando pudo erguirse de nuevo, este le soltó un puñetazo en la sien que lo noqueó de inmediato.

—Quédese con él, Watson —pidió entonces mi

compañero—. Vigílele mientras yo hecho un vistazo arriba.

En ese momento, entendí el motivo porque Holmes quería entrar en el faro esa tarde-noche, quería cerciorarse de un modo fehaciente de que estábamos en la base de una máquina del tiempo, un convencimiento que había adquirido por convicción propia pero no había podido corroborar con pruebas.

—No, Holmes, no —me opuse a su mandato—. He visto que hay muchas cuerdas por aquí. Ataré a este... —no supe cómo nombrarle—, le amordazaré con mi propio pañuelo y le arrastraré hasta un rincón donde no pueda ser localizado en un primer vistazo. Usted no se ha cansado de repetirme los últimos días que estamos ante una máquina del tiempo, y no me perdería ningún detalle de la misma ni por todo el oro del mundo.

Holmes se quedó pensativo durante un instante breve. Finalmente asintió, me ayudó a atar, amordazar y trasladar al farero al rincón más oscuro de la base del faro. Cuando hubimos concluido, subimos las escaleras hasta la linterna, que abarcaba todo el espacio del nivel superior de la estructura a excepción de un pequeño cuarto adyacente donde se hallaba una mesa minúscula, una silla y un cuatro colgado de la pared.

Holmes no tuvo ninguna duda, se dirigió hacia la pintura, una marina de muy poca calidad, y quiso descolgarla de su sitio. No pudo hacerlo porque en realidad era la tapa de algo que había detrás de ella. Allí se encontraban los reguladores del tiempo de lo que, definitivamente, era una máquina que permitía viajar por él.

—Hemos llegado al quid de la cuestión, Holmes —dije entonces—. Ahora solo tenemos que destruir ese mecanismo y Moriarty no podrá trasladarse a través del tiempo.

—Eso será —dijo una voz a nuestras espaldas—, si yo se lo permito.

Nos volvimos hacia el hombre que nos hablaba, que no podía ser otro que Moriarty, acompañado en esta ocasión por el farero, al que había librado de sus ataduras y volvía a blandir ese hacha de carnicero con las que nos había atacado a nuestra llegada.

Todo permaneció sin cambios visibles durante un instante. Holmes estaba a mi lado, Moriarty armado con una pistola delante de él y el farero amenazándome con su hacha, viviendo un tiempo que pareció congelado durante ese momento, en el que me extrañó ver la evidente tranquilidad de Holmes, que actuaba como si lo tuviera todo bajo control

Porque él no se había quedado quieto después de localizar el mecanismo del tiempo de la máquina. Había oído llegar la embarcación que había trasladado a Moriarty hasta el faro, la voz susurrada del malvado a no encontrarse con el torrero esperándole, los leves roces con los objetos, mecanismos y muebles que había en la planta baja y cómo, una vez liberado su peón, subían las escaleras hacia la linterna y, entonces, en un mínimo tiempo fue capaz de trazar un plan.

—¡Señor Moriarty! —exclamó Holmes—. ¡Qué placer más inesperado!

—Dudo que mi visita le produzca lo primero y también que sea cierto lo segundo —replicó Moriarty—. Veo que ha sido capaz de llegar hasta el objeto de mi pretensión final, que no era otra cosa que este faro que disfraza la máquina del tiempo por la que yo llegué hasta este tiempo. Enhorabuena, señor Holmes, aunque me temo que su sagacidad no le va a servir de nada, puesto que quién controla la situación en este momento soy yo, aquí, apuntándole con una pistola, que tengo lista para darle el tiro que acabe de una vez con su molesta vida.

—Las apariencias engañan, señor Moriarty —arguyó Holmes—. Los planes que quiere llevar a cabo están en conocimiento del gobierno de la nación, por lo que serán desbaratados si el señor Watson o yo morimos en este instante.

—¿Qué podrá hacer un ejército, aunque se trate del más poderoso de este mundo en el que ustedes viven, contra la hueste invencible que pienso traer a este tiempo para que domine no solo el imperio británico, sino la totalidad del mundo?

—Impedir que cumpla sus propósitos destruyendo a cañonazos el faro en donde estamos ahora —explicó mi compañero—. Varios de los buques de nuestra armada están en las proximidades de The Needles, esperando una única señal mía para proceder a su ataque.

—Miente.

—Compruébelo usted mismo. Aquí arriba, en la linterna, hay varias ventanas, solo tiene que asomarse a una de ellas y verlo.

—Lo haré, no tenga ninguna duda de ello. Pero antes, entréguenme sus armas, porque me estoy oliendo que sus palabras no son que una superchería para tenderme una trampa.

Holmes hizo lo que le pedía nuestro más enconado enemigo, pero en vez de dejar caer su pistola al suelo, con un movimiento brusco, se la arrojó a Moriarty, que vio cómo el arma iba hacia él, lo que le hizo efectuar un disparo con la suya, con la que ya no estaba apuntando bien a su rival, por lo que el impacto de la bala le salió alta, hasta casi dar en el techo.

Holmes, entonces, se arrojó sobre él e impactó con su cuerpo como un torbellino, lo que hizo trastabillar a su objetivo, sin llegar a caer. Después, empezó a lanzarle golpes, que Moriarty consiguió esquivarlos, retrocediendo ambos hacia la linterna en sí, donde la luz del faro les alumbraba de forma intermitente.

Tampoco yo me quedé de brazos cruzados. El farero, distraído por la acción del detective, dejó de prestarme la atención debida, bajó la guardia durante un instante y me precipité sobre él, emprendiendo ambos una riña similar a la que ya libraban Holmes y Moriarty, aunque en lugar de tomar el camino de la luz, fuimos hacia la escalera, por donde los dos caímos, con el torrero ya desarmado, su hacha extraña se había quedado arriba. Al final de los escalones, me bastaron un par de puñetazos para noquear a mi contrincante.

Una vez conseguido mi propósito, volví a trepar por la escalera para ayudar a Holmes, que en ese momento estaba en un apuro porque aunque Moriarty había perdido la pistola, asía contra él el hacha del farero, que mi amigo conseguía esquivar con apuros, hasta que, de repente, se encaramó en una de las ventanas, me gritó que no entrara en la linterna y con Moriarty pisándole los talones, se precipitó al vació, hacia el mar, sin duda un lugar previsto ya antes por él.

Entonces, ocurrió algo inesperado. La linterna emitió como un fogonazo y Moriarty se desvaneció de la estancia. Había desaparecido de mi vista como por arte de magia. No me costó entender lo que había pasado. El napoleón del crimen había sido trasladado a través del tiempo a una época que solo Holmes debía conocer.

Ilustración: Sidney Paget

203

16. El pasado remoto

James Moriarty había dejado de utilizar ese nombre desde hacía mucho tiempo. El salto en el tiempo al que le indujo Sherlock Holmes lo había trasladado a un año sin concretar que estaría entre unos dos mil y mil quinientos años antes de que naciera Cristo.

Para él, un hombre acostumbrado a los lujos de una vida de finales del siglo XIX en Inglaterra y a una sociedad avanzada, aunque igual de injusta que siempre para los que como él no era de cuna de clase privilegiada, en la que se había puesto precio a todo, casi incluso a respirar, aquella vida de salvaje era un suplicio, lo que no le amilanó para hacer su estancia allí lo más llevadera posible.

Por sus virtudes, no le había sido muy difícil conspirar entre la tribu celta en que cayó para convertirse muy pronto en su jefe, a pesar de ser considerado como un extranjero de una parla desconocida, aunque aprendió en pocas semanas a expresarse como ellos, y una vestimenta estrafalaria, que le cubría desde los pies hasta el cuello, con tejidos que malamente le cobijarían del frío intenso del invierno de la gran isla, por lo que él mismo se adaptó a las circunstancias en que le tocaría vivir el resto de sus días, puesto que era prácticamente imposible que alguien le pudiese rescatar de un día, mes y año que él mismo desconocía.

Durante muchas noches, sin poder conciliar un buen sueño casi nunca, le dio vueltas al plan que Sherlock Holmes había urdido contra él tras pensárselo en tan solo un par de minutos, manipulando los controles de la máquina del tiempo camuflada en el faro, con los que debería estar familiarizado sin que él supiera por qué —desconocía los viajes intertemporales que ya habían efectuado Holmes y Watson—, y debió programar la máquina para que actuara diez minutos o un cuarto de hora después, con un salto temporal a un pasado remoto, donde sería ilocalizable. Por ello, Holmes saltó por la ventana al mar, donde sabía de antemano que no se rompería la crisma, y gritó a Watson que no entrara en la linterna, para que el único viajero hacia atrás fuera él.

¿Por qué tanta parafernalia cuando hubiese bastado que Holmes le hubiese pegado un tiro? Moriarty no tardó en llegar a una conclusión plausible. El detective no quería matarle, porque matar no era su estilo, y por eso le mandó a un pasado inescrutable para deshacerse de él.

También podía haber optado por volar el faro, pero eso no hubiese solucionado el problema de que Moriarty permaneciera vivito y coleando en el presente de Sherlock Holmes, por lo que el enfrentamiento entre ambos seguiría vigente, y el hampón sí que estaba dispuesto a matarlo, y no solo a él, también a Watson y si fuera necesario también a Mary.

Allí estaba el que fue James Moriarty, el napoleón del crimen de Londres, ahora sentado al calor de una fogata, contemplando la luna en cuarto menguante y los miles de estrellas que ninguna luz artificial impedía mostrarle tal cómo fueron en el año que vivía ahora.

Ilustrador: Harold W. Lane

17. Disertaciones sobre los
males del mundo

Mary y yo nos personamos en el 221B de Baker Street no demasiado temprano, porque ya conocíamos los dos el poco gusto que tenía Holmes por madrugar.

En realidad, fuimos a despedirnos de él, puesto que mi esposa le había cogido el gusto a viajar tras los periplos que había realizado con nosotros, y nos íbamos a pasar unos días a Edimburgo a casa de un amigo mío, médico como yo, oftalmólogo en su caso, que aunque llevaba varios años establecido en Londres, se iba a pasar unos días a su ciudad natal, aprovechando que iba a dar una conferencia allí.

Se llamaba Arthur Conan Doyle, que compaginaba su oficio con el de escritor. Ya había publicado algunos relatos cortos y tres o cuatro novelas, basadas sobre todo en su experiencia como médico de barcos, el primero en un buque ballenero que estuvo navegando por el Ártico, y el segundo por el África Occidental.

—También ha publicado un libro sobre un detective, que parece calcado a usted, que cuenta con un compañero que es médico como yo —apunté para acabar con la semblanza de mi amigo.

—Será una casualidad —Holmes se encogió de hombros.

Fue Mary quién se apercibió de que mi compañero estaba rodeado de periódicos, todos los que se publicaban en Londres, y la curiosidad de la escena hizo que ella le formulara la pregunta que le quemaba en los labios.

—Señor Holmes —dijo—, ¿qué significa la invasión de prensa que le tiene casi inundado y apenas nos permite verlo?

—Que hoy, después de más de diez días después del lance que mantuvimos con Moriarty, ningún periódico habla de él y de lo que ellos llaman su extraña desaparición.

—Señor Holmes, algo de extraña sí que tiene.

—Le doy la razón, Mary —la amabilidad del detective pilló desprevenida a mi mujer—. Además, nunca dejaré de agradecerle su estimable colaboración en la resolución de este asunto.

—Gracias por su amabilidad, señor Holmes. —Inclinó ligeramente la cabeza en señal de agradecimiento por las palabras de mi compañero—. Yo, en realidad, lo único que pretendía era no ser un bulto que obstaculizara sus pesquisas.

—Pues le puedo asegurar que ha sido todo lo contrario.

—Basta de chácharas y de hablar del pasado —corté de raíz el ciclo de alabanzas mutuas—. Prefiero hablar del presente y de lo que nos deparará el futuro.

—El presente ya lo estamos viendo los tres —exclamó Holmes—, nosotros tres reunidos en mi casa porque van a emprender un viaje. Del futuro, que ustedes van a pasar unos días en Edimburgo, y auguro que les lloverá, porque es época de ello, sino es que en toda la isla no siempre lo es, por lo que no se olviden de incluir un paraguas en su equipaje. A pesar de eso, estoy seguro de que disfrutarán de la capital escocesa, se mantiene tal como siempre ha sido a pesar del tiempo que va pasando y los malos usos que a veces el progreso nos impone.

En ese momento, Mary y yo nos sentamos en rededor de Holmes y, aprovechando que habíamos empezado a hablar del tiempo, nos mantuvimos en el mismo tema hasta

213

que llegó la hora de marcharnos para no perder el tren que nos trasladaría a Escocia. En tren, sí, nada de aviones Eole, girocópteros, globos, submarinos ni, por supuesto, máquinas del tiempo, sino en un medio de transporte convencional.

FIN, 14/01/2024

Portadas originales de las cuatro novelas publicadas
por Arthur Conan Doyle sobre Sherlock Holmes

THE HOUND
OF THE
BASKERVILLES

CONAN DOYLE

Anteriores novelas del mismo autor sobre Sherlock Holmes steampunk

Ricardo Muñoz Fajardo
LUZ DE GAS A ORILLAS DEL TÁMESIS
Sherlock Holmes y el Asesino del Torso
en un ambiente steampunk
LUZ DE GAS A ORILLAS DEL TÁMESIS
Ricardo Muñoz Fajardo
272
272

Libros Mablaz

Narrativa — Relatos

/www.librosmablaz.com/